密碼日記

管家琪◎文　詹廸蘭◎圖

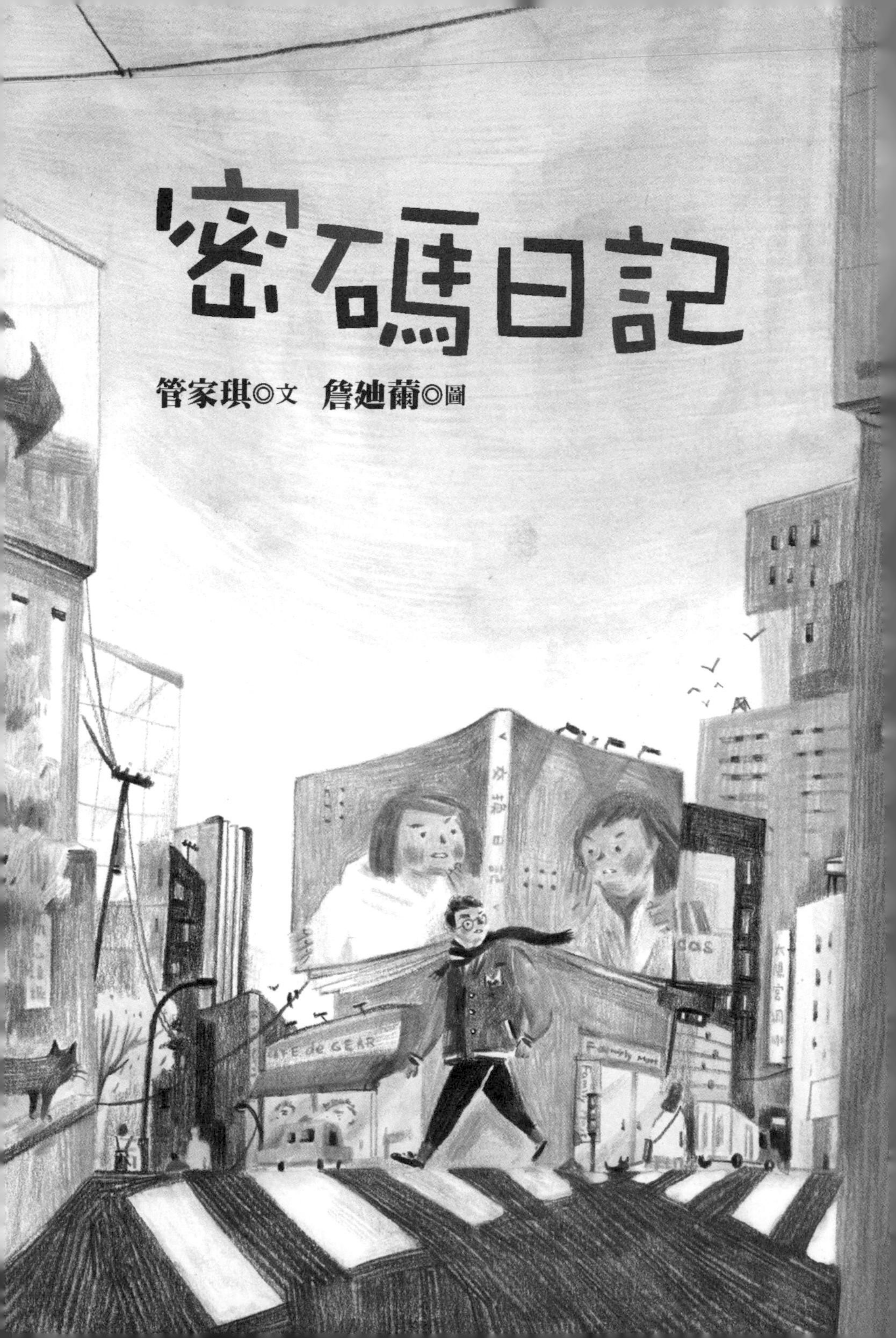

【自序】

來自一份禮物的故事

我的兩個兒子東東、丁丁跟絕大多數的孩子（尤其是男孩子）一樣，從小生活裡就有電競，或者說打電動一直是他們生活裡一項重要的娛樂。幸好不是唯一的娛樂。

家長如果只是一個勁兒的抱怨「打電動有什麼好玩」實在是很沒說服力，因為打電動確實很好玩，我也會打電動，我也覺得打電動滿好玩的，只要不是把所有休閒娛樂的時間都拿來打電動就行了，因為好玩的事那麼多，絕對不是只有打電動這一件事而已。我認為很多孩子之所以會沉迷於電玩而不可自拔，就跟現在很多成年人沉迷手機一樣；如果整天只會打電動、整天只會滑手機，好像不這樣就手足無措，不知道如何算好，這都只是說明原本的生活實在是太過貧乏。一個精神生活豐富的人，都會懂得一方面善用科技，另一方面也不會讓這些新興事物在不知不覺之間就吃掉了我們大部分的時間和心力。在及早重視建設精神生活、培養一些正當愛好之餘，自然也很需要自制力。

東東、丁丁從小在打電動時都會把一個小鬧鐘放在旁邊用來看時間，因為我跟他們約好每天最多只能打四十分鐘。就是因為我覺得真正十惡不赦的事只是少數，「打電動」遠遠談不上，這只不過是孩子們普遍都會受到吸引的娛樂而已，與其完全禁止小孩打電動，不如藉此來培養他們的自制力。

於是，東東、丁丁就這麼長大了，現在跟很多年輕人一樣，儘管也都大學畢業了，但有空時還是會打打電動。前兩年在丁丁二十四歲生日當天，收到一份挺特別的禮物，是東東特別去訂做的一面錦旗，上面寫著：

賀：刀塔一百次

超神

×年×月×日

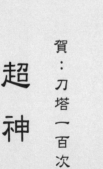

我知道「刀塔」就是「DOTA 2」，是那段時間丁丁經常在玩的一個電競，能拿到一百次「超神」算是比較不容易的。

我是不玩刀塔，所以看到這個錦旗真是一臉茫然，不知道是什麼意思，可是丁丁一看就笑了。經過他們倆的解釋，我也笑了，覺得這份生日禮物還真是別出心裁。這大概就是所謂的默契吧。感情好的人，都會有一些外人不了解的「暗語」。

當然，也許你會說凡是打過刀塔的人都明白什麼叫做「超神」，這又不是東東、丁丁兄弟倆獨有的東西，有什麼特別？重點是因為那段期間丁丁比較喜歡玩刀塔，每拿到一次「超神」都會有一點小高興，在快要破一百次「超神」紀錄時也跟東東預告過，結果東東都聽進去了。

緊接著，我又聯想到自己從小到大也有過不少類似的經驗。我們雖然是女生、又都是「BC人類」（「BC」就是「Befor Computer」，「電腦前人類」），那個年頭哪有什麼電玩，可是回想過去不管是在國中、高中或是大學時期，好友之間都會有一些話題、「典故」、或是暗語之類，這些其實也都是默契啊，都來自於共有的記憶，是擁有良好感情基礎的明證。

隨著時代的日新月異，固然還會不斷出現更多新興事物，然而本質是不會改變的。就像很多人總會問，兒童文學作家都是成年人（甚至有點成績的幾乎都已經是老人家啦），怎麼來了解現在的孩子、現在的年輕人？我覺得對於那些沒有染上世故習氣、所謂童心未泯的人來說，這其實不會是一個問

題，因為一個兒童文學作家最重要的寫作資產本來就是自己的成長經驗，別看我們現在都是大人，可我們也是從一個小孩子慢慢長大的呀！我相信不管時代如何變化，一個孩子內心的情感需求是永遠也不會改變的，都仍然會非常需要得到家人的關愛、支持和陪伴。

《密碼日記》這個故事，就是這麼來的。

目錄

回家過年

終於捱到大年初四了！夏荷實在是太高興了！

一大清早，沒等到被鞭炮聲吵醒，夏荷就醒了，然後就迫不及待開始整理行李。

儘管她已經盡可能的輕手輕腳，但是塑膠袋窸窸窣窣的聲音還是很快就把同房間的爸爸媽媽給吵醒了。

每到過年，他們回老家的時候都是住在大伯家，因為兩百公尺外爺爺奶奶家那裡實在是太舊、太不方便了。但是由於住在外地的兩位叔叔也帶著家人一起回來，大伯家就算是寬敞，在過年期間也只能讓每一位兄弟、每一家將就住一個房間。夏荷感覺自己彷彿又回到了小時候，小時候她就是睡在父母房間的一張小床上，一直睡到小二。

「一大早吵什麼啊？」爸爸抱怨著。

昨天晚上，爸爸又和大伯、叔叔們打牌打到很晚。在他們四兄弟中，爸爸排行老二，和兩位叔叔都住在北部，但又都不在同一個城市，只有大伯留在老家，平常爺爺奶奶都是靠著大伯一家在照應。四兄弟由於平常見面機會也不多，要全部聚齊更是難得，有時清明節也不一定能夠全部集合，只有過年的時候大家才會聚在一起；因此從除夕開始，四兄弟就老在一起打牌聊天，幾天下來，爸爸明顯的睡眠不足，比平常工作的時候睡得還要少，現在自然要對夏荷一大早就擾他清夢很是不滿。

媽媽則是一被吵醒就關心的問：「你一大早忙什麼啊？有沒有多穿一點？」

爺爺奶奶和大伯家距離夏荷他們所住的城市，雖然也不過就是四、五個小時左右的車程，照說氣溫不應該相差那麼多，但可能因為地處偏僻，地方空曠，早晚感覺就是冷很多。

「有啦，我穿了羽絨服，」夏荷小聲應道：「今天不是要回去了嗎？我在整理東西。」

「急什麼啊，還早呢！至少也要等吃了早飯才走啊，」爸爸嘟囔道：「拜託安靜一點，讓我再睡一下！」

媽媽也說：「要不你先出去吧，等一下再整理，爸爸睡不飽的話，開車沒精神，會很危險。」

想想也是，確實不能讓爸爸疲勞駕駛，夏荷只得暫時把收拾到一半的東西放下，躡手躡腳的打開房門出去。

天才剛剛朦朦亮，二樓另外兩個房間的房門都還是關著，顯然另外兩位叔叔家也都還在酣睡。夏荷這才感覺自己真的是起得太早了，沒辦法，她實在是歸心似箭呀！

夏荷準備去一樓看看，剛走到樓梯口，就聞到好香的味道。下樓一看，奶奶和大伯母果然都已經在廚房裡忙了。夏荷不免要暗自驚嘆，真厲害啊，奶奶和大伯母難道都不需要睡覺的嗎？

爺爺奶奶的身體都還很硬朗，平常都是單獨住在老房子那裡，說是住習慣了，不想挪窩，但是過年期間他們也會來大伯家住上幾天，來一個三代同堂大團圓。而在整個過年期間，那麼一大家子每天至少三頓的吃吃喝喝，基本上都是由大伯母一個人掌廚，奶奶從旁協助，婆媳倆一起掛「雙頭牌」領銜演出，媽媽以及兩個嬸嬸都是在每餐飯後衝進廚房搶著去洗碗。

大伯母先看到夏荷，微笑的問道：「怎麼起這麼早啊？餓不餓？」

「不餓。」夏荷回答。

然而，才剛剛這麼說呢，聞著濃濃的香味，或許是嘴饞吧，夏荷一下子忽然就覺得餓了。每次過年，夏荷最喜歡吃大伯母每天早上一定會煮的土雞麵，再配上茶葉蛋，她覺得這是最棒的早餐。

奶奶也看著夏荷，慈祥的笑道：「丫頭長得好高了啊，已經算是小

19　回家過年

小姐啦，時間過得好快啊！」

可不是，去年過年的時候，夏荷還是小六，現在都已經是國中生啦！

不過，她知道，不管自己多大，在親人面前永遠都是「丫頭」，就像爸爸永遠都是「二寶」一樣，而大伯呢，兒子都已經上大學了，還是「大寶」，兩位叔叔自然也都還是「三寶」和「小寶」。就因為這樣的乳名，夏荷和堂哥以及幾個堂弟堂妹，大家的乳名沒一個叫做「寶寶」的，想必一定是大人為了避免「寶」來「寶」去，很容易讓人搞不清楚。

夏荷走上前，乖巧的說：「我來幫忙吧。」

她不是假客氣，而是真的很樂意幫忙，尤其是幫大伯母的忙。她覺得大伯母真的好辛苦，一連那麼多天要負責那麼多人的飲食起居，難得還能那麼耐煩，她幾乎從來沒看過大伯母因為家務繁忙而皺過一下眉頭，要是媽媽大概早就瘋掉了，媽媽是最怕做家事的，特別還是最怕做廚房裡的事，如果要媽媽煮給那麼多人吃，一定頂多只能撐一頓。

不過，夏荷私底下還是得感謝媽媽，因為媽媽在這裡住不慣，跟她一樣想要早點回家，所以他們一家才能在初四就打道回府，要不然他們還不可能這麼早就走呢，兩位叔叔嬸嬸就都表示要到初六才走。

說起來，夏荷倒也不是覺得住不慣，當然更不是不喜歡跟爺爺奶奶以及一大堆親戚在一起，只是覺得大家在一起待個一、兩天差不多也夠了吧，這裡畢竟——很無聊啊，儘管大伯說家裡也裝了WiFi，但是網速奇慢無比，用「龜速」都還不足以形容，等於就是沒有，而她的手機在除夕那天回爺爺奶奶家的路上又不小心掉在高速公路上的休息站，還有就是幾個堂弟堂妹都比夏荷小得多，老是黏著夏荷，夏荷覺得自己簡直是跑回來當小保母似的，好累，而自己想黏的堂哥又在大年初一一大早就走了，說是跟同學約好了要出去玩，令夏荷羨慕不已。

總之，夏荷就是待得有點兒無聊，想要早點回去。她都已經想好了，一回去就要立刻去找小俞。小俞名叫俞夢嬌，打從上國中，在新生訓練期間相識以來，兩個女孩就一見如故，非常投緣。小俞現在是夏荷最好的朋友，好到什麼程度呢？用一件事就可以說明：這兩個女孩從半個多月前開始，悄悄約好了一起寫非常私密的「交換日記」。

本來夏荷和小俞約好，過年期間由她把那本屬於兩人的日記本帶回爺爺奶奶家，這樣她就可以有事情做，可是後來小俞擔心夏荷的堂弟堂妹多，年紀又都還那麼小，正是處於最恐怖的「小野蠻人」的階段，無從約束，也無從講理，萬一一不小心把她們這本珍貴的日記本翻出來，看到了裡面的內容，胡亂宣揚，或者是把日記本弄髒或是弄壞了，那豈不是要教人欲哭無淚？

「還是放在我這裡吧，」小俞說：「過年期間就由我來寫，反正你初四就回來了，等你回來以後就換你寫，然後讓你一口氣連著寫四篇。」

本來她們是隔一天就交換寫，也就是說夏荷寫一篇、小俞寫一篇，所以才叫做「交換日記」呀。

「不知道小俞這幾天都寫了什麼？」

夏荷正在想著小俞以及交換日記的時候，奶奶頗為傷感的說：「唉，你們都這麼快就走了，就你們一家這麼快要走……」

夏荷不知道該怎麼回答，只是心想初四也不早了啊，他們除夕下午就回來，也待了四天多了。

這時，大伯母對奶奶說：「人家秀麗很忙的，一定有很多事急著要回去處理的。」

秀麗就是夏荷的媽媽，是一家單位的中階主管，在大伯母看來，這個弟妹是一位了不得的職業女性，想像中肯定有忙不完的事。奶奶聽了大伯母的話，不吭聲了。夏荷知道大伯母剛才是好意想要幫忙解釋，但是她又擔心奶奶會怪罪媽媽，趕快主動說：「沒有啦，爸爸跟我也有好多事的，爸爸最近在趕一份報告，我也有好多作業要寫。奶奶我跟你說，老師根本都不讓我們過年的，老是怕我們玩瘋了，所以就故意出了滿坑滿谷的作業，寫都寫不完。」

堂哥已經走了，現在還待在這裡的蘿蔔頭中就屬夏荷最大，講起作業超多這些事，夏荷是最有發言權了，她覺得用這個理由來解釋為什麼要所謂的「早走」，絕對是無懈可擊的。

沒想到，奶奶反而埋怨道：「那為什麼不把作業帶回來寫？」

夏荷怔住了，完全應對不過來，到是大伯母及時笑著說：「回來是為了過年呀，而且這麼吵，桌子椅子檯燈什麼的一定又都不習慣，當然不好寫啊，還是這樣好，過年這幾天就好好的玩，玩夠了就回去安心寫作業。」

夏荷心想，其實我早就覺得玩夠了呀——但是看看和善的大伯母，再看看滿臉寫滿「捨不得」的奶奶，夏荷當然沒有這麼說，要是說了就實在是太沒良心了，事實上光是這麼想她就已經覺得自己夠沒良心的了。

交換日記上的信息

回家的路上不大愉快。爸爸抱怨媽媽不好，明明回老家過年這麼舒服，大伯母已經把什麼都料理得好好的，別人什麼都不需要做，媽媽偏偏還總是一副活受罪的樣子，教人看得難受，還總是急著要走，每次過年都是他們這一家急著要先走，多不好意思！而且害得他難得回來，結果都沒時間多陪爺爺奶奶說說話，媽媽呢當然很不服氣的對爸爸說，你要陪你爸媽說話那就要把握時間啊，又沒人攔著你啊，可是回來幾天也沒看到你跟他們兩個老人家說過什麼話，每天還不就是你們幾個男的湊在那裡打牌，整天從早打到晚，動都不動一下，然後我們幾個女的就成天圍著你們轉，伺候這伺候那，一點意思也沒有。

「你講話怎麼總是這麼誇張啊！」爸爸不滿的嚷嚷著：「而且我爸我媽只要看到我們四兄弟聚在一起有說有笑，其樂融融，他們的心裡就很愉快，不需要非要挨著他們聽那些陳年舊事，你懂不懂！」

「我是不懂啊，像你們這樣過年，就是一大堆人聚在一起拚命的殺時間而已，有什麼意思？我是真的理解不了！」

「什麼叫做殺時間？這叫做共享天倫之樂，你講話怎麼這麼難聽！——」

「爸、媽——」坐在後面的夏荷忍不住開口勸道：「你們別吵了吧，這樣多危險啊。」

確實，一大清早媽媽不是還擔心要是爸爸睡眠不足、疲勞駕駛會很危險，那麼他們像現在這樣吵來吵去難道不危險嗎？夏荷想像中這樣應該會讓爸爸很容易分心，應該也會很危險吧！

聽到女兒這麼說，兩個做大人的顯然都覺得很不好意思，但是媽媽一下子還煞不住車，不由得又繼續吼了幾句：「誰喜歡吵架，誰喜歡跟你爸爸吵，還不都是你爸爸就喜歡找我的麻煩！」

媽媽口口聲聲「你爸爸」，聽起來火藥味十足，而且就像是衝著夏荷來的，夏荷不敢接腔了，生怕一不小心流彈就會飛到自己的身上。

幸好，兩個大人又吵了幾句以後，總算開始進入冷戰，不再那麼互相攻擊不休了。儘管夏荷還是很擔心爸爸在冷戰中開車可能不安全，但不管怎麼樣，她還是寧可爸爸媽媽冷戰，那樣頂多氣氛就是悶一點，好歹沒有「熱戰」聽起來那麼可怕。

只是——唉！在這樣充滿火藥味的氣氛中，她哪裡還敢提什麼買手機的事啊！

本來夏荷是很想問問爸爸媽媽能不能盡快給自己買一個新的手機，哪怕是要自己貼一點壓歲錢她也願意。除夕那天在高速公路休息站發現手機被偷以後，她已經被訓一頓了，夏荷猜想如果現在提起買手機的事，一定會讓正在氣頭上的爸爸媽媽逮到機會再把自己痛罵一頓。

一家三口是在下午三點多左右才到家的，這都要怪出發得太晚了。本來爸爸是說等吃過早餐就出發，但是後來跟往年一樣，還是拖拖拉拉一直弄到都快十點了才走。當然，想想這也很正常啦，畢竟親戚那麼多，大家道別來道別去的「拜拜」個沒完，時間一下子就沒了。

到家不久，爸爸媽媽到是都很有效率，馬上不約而同的先後出門，各自忙自己的事情去了；爸爸的同事約他去打牌，媽媽的同事約她去唱歌，都是在回來的路上約好的。

媽媽比爸爸要晚出門一些，臨出門之前還交代夏荷，外面冷得很，叫夏荷不要亂跑，就在家裡乖乖寫作業。夏荷的心裡不免嘀咕，既然外面那麼冷，那你們幹麼都還往外面跑？你們怎麼就不怕冷呢！

媽媽又告訴夏荷，晚餐就自己從冰箱裡熱一點菜、再下一碗麵條，隨便吃吃吧；夏荷明白，這個意思就是說，爸爸和媽媽都不會回來吃晚餐了。

大人就是這樣，自己玩是理所當然的，然後在自己玩的同時，還總是能夠那麼理直氣壯的要求小孩一定要待在家裡心如止水的學習。

媽媽一出門，夏荷也待不住了，就算外頭確實是滿冷的，她也一定要出門。

夏荷在家待不住有一個很重要的原因，那就是手機丟了以後，她想聯繫小俞都沒辦法，她很想去找小俞。說來這也是以往過分依賴手機的緣故，不管是什麼手機號碼都覺得沒必要費心去記，反正只要全部都存在手機裡就好了，讓手機來幫自己記，多方便！再加上夏荷是那種對數字很沒概念的人，要記什麼號碼總是很困難，基本上只記得媽媽一個人的手機號。現在可好，手機弄丟了，夏荷想要跟小俞聯繫只能直接上小俞家去找。

幸好小俞說過過年期間不會去外地，以夏荷對小俞的了解，推測小俞待在家裡的機會很大；小俞向來很宅，也向來不喜歡跟人家去擠，凡是過年過節外頭人多的時候，她就特別喜歡待在家裡。

小俞家距離夏荷家不遠，就在兩個十字路口之外，沒過多久夏荷就來到小俞家的樓底下。

公寓一樓的鐵門是關著的。夏荷按下小俞家的門鈴。對講機很快就有反應了，是一個男的聲音。

「喂？」

「你好，我找俞夢嬌。」夏荷說。

「俞夢嬌？你是誰？」

現在夏荷聽出來了，這是一個年輕男孩的聲音，她馬上想到這一定是小俞哥哥的聲音，只是不知道為什麼，他那一句「你是誰」聽起來怎麼那麼的粗魯和焦慮啊？印象中他挺斯文的啊？

「我是俞夢嬌的同學，夏荷。」

「夏荷？夏荷！快請上來吧！」

大門「喀嚓」一下的開了。夏荷推門進去，反手關上門，然後就往樓上走。

小俞的家在五樓，還沒走到二樓，夏荷就聽見上面某一戶大門打開的聲音，然後有一個男孩的聲音傳了下來：「夏荷，是你吧？請你趕快上來！」

夏荷不免有些嘀咕，幹麼要這麼急啊。夏荷不喜歡在樓梯間裡大聲嚷嚷，便不予理會，不想出聲應答，只是繼續往上走，只不過加快了一點腳步。

沒想到，才過了頂多兩秒鐘吧，從上頭竟然又傳來「夏荷，夏荷！請快一點！」的聲音，而且音量比剛才更響，夏荷往上一看，看到小俞的哥哥正俯身朝下面張望著，儘管夏荷也看不清小俞哥哥的臉，但就憑他這個樣子，夏荷也感覺得出他好像真的很著急。

夏荷唯恐不答應一下，他會一直叫個不停，那多難為情，只好勉為其難的答應了一聲，然後趕緊又加快了一點腳步。

終於到五樓了。小俞的哥哥一看到夏荷就急著問道：「你是我妹的同班同學嗎？你是不是跟我妹很要好？」

小俞哥哥的神情是那麼的緊張、那麼的著急，態度又是那麼的反常，一種強烈的不安猛然朝著夏荷迎面襲來。

「小俞——俞夢嬌不在家嗎？」夏荷有些答非所問。

她真正想問、但又不敢問出口的是，小俞該不會是出了什麼事吧！

「哎，進來再說吧！」

小俞哥哥把身子讓了一讓，讓夏荷進了屋。

「我是俞夢嬌的哥哥——」

「我知道啊，你是俞克強。」

「哦，你知道？」

俞克強很意外，沒想到妹妹的同學會知道自己，他就一點也不清楚妹妹的同學啊；妹妹的同學，還不都跟妹妹一樣，都是一些小蘿蔔頭，像他們這些都已經上了高中的大男生，注意的都是和自己同齡的女生，要不然就是學校裡那些年輕的女老師，誰會注意這些國中的小孩子呢！

事實上，夏荷來過小俞家好幾次，見過俞克強，只不過因為雙方也只見過一、兩次，俞克強對「妹妹的同學」又總是視而不見，因此，俞克強對夏荷沒什麼印象，但是夏荷當然認得俞克強。所有小女生對於「同學的哥哥」都會注意的，不管這個哥哥長得好不好看、討不討喜。

俞克強馬上就想到，眼前這個叫做夏荷的女孩一定來過家裡，那麼她肯定是妹妹的好朋友，這一點是不會錯了！

這真是太好了！怪不得、怪不得！

俞克強馬上就急著問道：「你知不知道俞夢嬌到哪裡去了？」

「啊——什麼？——」

夏荷一下子就被問傻了，愣愣的應道：「小俞呢？」

「不知道啊，就是不知道啊，我現在不是就在問你嗎！」

「可是——我怎麼會知道啊！我今天才剛剛從爺爺奶奶家回來，是半個多小時以前才到的，我這幾天都不在啊！」

「真的嗎？奇怪！那她怎麼會知道你會來找她？」

「什麼意思啊？你說的我一點也聽不懂！」

俞克強看著夏荷，「唉」了一聲，隨即丟下她急急忙忙轉身跑到妹妹的房間。夏荷第一個念頭是想要跟上去，但馬上又覺得好像很不妥，因此又趕快止步，又著急又困惑又不安的等著。

不會錯了，小俞一定是發生了什麼事，可是，會發生什麼事呢？為什麼小俞的哥哥好像什麼頭緒也沒有，還反過來問自己一堆莫名其妙的問題！

很快的，俞克強拿著一個大信封、一張信紙和一個本子出來，還沒等他走近，夏荷就已經一眼認出來了，想也沒想就著急的快步上前想要去接。

「這個本子怎麼會在這裡？」夏荷一把就拿了過來，幾乎可以算是搶了過來。

這是她們倆的交換日記啊！

「這是我妹妹留的啊，你看！」

俞克強把那個大信封遞給夏荷，只見上面有幾個字——

請轉交夏荷

夏荷認出字跡確實是小俞的。哦，夏荷有些明白過來，難怪剛才俞克強會說，為什麼妹妹會知道自己會找上門來！

夏荷看著大信封被拆封的痕跡，有些不高興，還有一種說不出來的難為情，「都說是給我的，你為什麼要拆啊！」

俞克強不說話，只是直接把手頭那張信張紙遞給夏荷，夏荷接過來一看，不禁也愣住了。

這是小俞寫的：

哥：

我走了，不要試圖來找我，你找不到的。

告訴爸爸媽媽，既然他們心裡沒我這個女兒，那我滾開就是了。

天啊！剛才夏荷就隱隱約約的察覺到一定是有什麼不好的事情發生了，現在總算明白過來，原來小俞是離家出走了！

俞克強說：「現在你知道了吧？如果你是我，應該也會拆開來看一下的吧！」

夏荷有些無語，是啊，俞克強說得沒錯，如果是她，在看到那樣的留言之後，一定也會不管三七二十一就趕快先拆開來看一看，何況俞克強原本對妹妹的同學又沒什麼概念，他好像根本不認得自己，叫他怎麼轉交？

「到底是怎麼回事？」夏荷追問道，心裡十分焦急。

俞克強看起來也很急，「我妹妹這幾天有沒有跟你聯絡？一定有吧！她都說了些什麼？」

按他的理解，妹妹八成是跟眼前這個叫做夏荷的同學約好，叫夏荷過來拿這個本子，所以夏荷才會依約而來，這應該是再明確不過的事呀！

但俞克強很快就失望了。

夏荷一臉茫然的說：「沒有啊，我們從除夕下午以後就沒有再聯絡了……」

「除夕下午！你確定？」

「當然確定，因為那天下午我就跟我爸媽回爺爺奶奶家去了，然後我的手機在休息站搞丟了，這幾天在爺爺奶奶家，我當然也想跟小俞聯絡，但我又不會背她的電話，想跟她聯絡也沒有辦法——」

說到這裡，夏荷又強調了一下，「所以我才會一回來就來找小俞的啊！我跟我爸媽是今天下午才剛剛回來，我到家才——」

她看看手表，「才半個多小時，還不到一個小時！小俞到底怎麼了？」

俞克強一聽，臉色頓時變得非常難看，亂糟糟的嚷嚷著：「糟了糟了！完了完了！」

夏荷迫切的想要弄清楚，「怎麼會這樣呢？好端端的，小俞幹麼要離家出走？」

然而，夏荷嘴巴這麼說，心裡卻突然想起，其實小俞不是沒有過離家出走的念頭，這一點她是很清楚的，但是她還以為小俞只是說說而已，不可能當真的，再說她們不是都為此而開始寫交換日記的嗎？兩人一起努力在這本日記裡處理掉一些負面的情緒，同時也對未來做一些設想，夏荷希望自己長大以後會變成像大伯母那麼溫柔、那麼好脾氣的人，小俞則希望自己將來在當了媽媽以後，能有一個女兒，然後一定要好好的寶貝她……不是約好過年期間要讓小俞接連寫四篇，然後等自己回來以後再接棒一口氣寫四篇的嗎？為什麼現在小俞只把日記本留給自己，人卻不告而別了呢？

俞克強著急的說：「我也不知道她幹麼要離家出走啊！沒人得罪她啊！這下完蛋了，我爸媽在初一那天出門的時候還叫我們要好好的待在家裡，過沒幾天，今天她就離家出走了！慘了慘了！這下我怎麼跟我爸媽交代！真是的，怎麼搞的啊！中午我出去的時候她明明都還在的啊！我是不是要報警啊？是不是要通知我爸媽啊？完了完了！我爸媽非宰了我不可！」

夏荷記得小俞說過，她的爸爸媽媽參加了一個旅行團，在大年初一出發去東南亞小玩個四、五天，說是要「二度蜜月」，當時夏荷還告訴了爸爸媽媽，建議他們不妨也效法一下。

不過，爸爸的反應是：「神經！都老夫老妻了還那麼肉麻，浪費那個錢幹麼？」

媽媽也說：「去了一定也是吵架，有什麼意思！」

說來也怪，爸爸媽媽平常各忙各的，感覺好像也算是相安無事，但只要是碰到放假天，兩個人只要在一起，就會吵個不停，就像這幾天除夕期間，爸爸媽媽不是就已經熱戰、冷戰都輪番上演了嗎？

其實小俞的爸爸媽媽也會吵架，但至少他們還會覺得這樣不好，還會希望有所改變，因此才聽從朋友的建議，單獨出去旅行，據說這樣對於修復夫妻之間的感情會很有幫助，所以就這個角度來說，夏荷還挺羨慕的；夏荷也好希望爸爸媽媽能夠改變一下，和諧一點，遺憾的是，爸爸媽媽對於這樣吵吵鬧鬧的相處模式似乎都已經習慣了、麻痺了，不覺得有什麼不妥了。

那麼，小俞的爸爸媽媽此刻正在東南亞二度蜜月，不過好像也應該快回來了？

「你爸媽什麼時候回來？」夏荷問道。

「明天上午啊。怎麼辦呢？我要不要現在就告訴他們？」俞克強惶惶無措，似乎絲毫沒有主意。

夏荷建議：「我看就先不急著說吧！」

夏荷有一種感覺，她相信小俞一定不會希望破壞她爸媽的二度蜜月，小俞向來很貼心的，反正按預訂計畫，俞爸爸和俞媽媽明天也就要回來了，再說現在她和俞克強還可以先找找看啊。

夏荷說：「我們先找找看吧。」

小俞不是那種很喜歡往外跑的人，夏荷總覺得就算現在小俞離家出走，應該一下子也還不會跑太遠吧？

問題是，該上哪裡去找小俞？

想到這裡，夏荷無意識的低頭看著手中的交換日記，不料，俞克強立刻就說：「那裡面找不到什麼線索。」

「什麼！你看了？」

儘管這其實應該也是意料中事，既然他都拆封了，肯定會看，只是現在一聽俞克強這麼說，印證了他確實看過，而且還好像是仔細看過，要不然怎麼會得出「找不到什麼線索」這樣的結論？可是這是她們兩個女生的交換日記，他這個做哥哥的怎麼可以隨便亂看啊！

夏荷不禁有一點惱怒。俞克強當然馬上就看出來夏荷不高興，只得還是用那個理由解釋道：「拜託你體諒一下，我妹妹離家出走了啊！我本來是想，她不說為什麼要離家出走，卻只留這個本子給同學，還封起來，那麼按正常的邏輯，裡面應該會有線索才對，沒想到翻了半天都是一些亂七八糟的東西，尤其是最後這幾篇還都像一塊塊豆腐乾似的，什麼也看不懂！」

夏荷很想指教他，什麼叫做「亂七八糟的東西」，這是她們的交換日記，同時也是她們的密碼日記，他這個傢伙當然看不懂了，不過，聽到俞克強說起小俞這幾天所記的「豆腐乾」，夏荷不免心生疑惑，什麼叫做「豆腐乾」啊？

她馬上翻開本子，翻到最後那幾頁。

看看日期，小俞在除夕那天所寫的日記還算是正常，還是按慣例使用她們倆自創的密碼所寫，但是從初一開始，一直到初三，一連三天還真的是一塊塊用字堆出來的「豆腐乾」，而且小俞還特意用一種特殊的美術字來寫，那是一種她們倆都很熟悉，可是別人譬如俞克強多半就不易辨認的字體；那是她們都很喜歡的一本漫畫中，女主角很喜歡用的一種字體。

大年初一這一篇是這樣的：

夏山洋皮紙墓園煉金術

夢荷金寶森林沼澤陷阱
小村別離祈禱文太陽宮
女巫扁擔玻璃球鼻煙壺
麗秋英雄心心相映漫步
老山羊湖光按指印小溪
詩篇小精靈忘我流浪狗
村落雷雨山色目的市集
珠寶盒保險櫃妙筆生花
燈蕊聖潔屋頂跳舞明日

俞克強說：「這個字真是超難認的，我看了又看、念了又念，感覺只有『麗秋英雄心心相映漫步』這一句勉強可以猜得出一點意思，好像就是說有一個女的叫做麗秋，跟一個英雄心心相映，很要好，然後兩個人就在湖邊或者是公園或者是海邊，反正就是在一個風景很好的地方漫步，可是我想不透這跟小俞離家出走有什麼關係？」

「『麗秋英雄心心相映漫步』……」夏荷輕輕念著，不斷的琢磨。

她不認識身邊有什麼叫做「麗秋」的女生啊？她和小俞這麼好，如果是小俞認識的朋友，她肯定也認得，可是怎麼就是沒有印象呢？

還是說，這個「麗秋」是某一個故事或是電影或是電視劇中的角色？

夏荷想了好一會兒，拚命回憶她們最近談到過的影視作品，但依舊茫茫然毫無概念。

這個「麗秋」到底是誰啊？還有，那個「英雄」又是誰？

真是怪透了！

夏荷想不出來，乾脆暫時先放下大年初一這一篇，繼續往下看，果真發現大年初二和初三也是類似的「豆腐乾」。

「你說，這是什麼意思啊？」俞克強說：「還是說最後這三篇本來就沒什麼意思，只是在練字？這是一種什麼怪字啊？」

的確，看看這三篇「豆腐乾」，小俞把每一個「怪字」都寫得好漂亮、好工整，真的好像只是在練字，沒什麼特別的意義。

可是，真的是這樣嗎？夏荷心想，如果馬上就認為沒什麼特別的意思，似乎有一種太快就放棄的感覺。

小俞這三篇真的只是在練字嗎？

不可能。夏荷篤定的想著，這三篇「豆腐乾」肯定有意義，肯定是小俞寫給自己一個人看的。

夏荷猜測，在她們失聯的這短短幾天之內，一定發生了什麼事，小俞的離家出走一定是臨時起意，不可能是蓄謀，至少在除夕那天早上小俞一定都還沒有這樣的念頭，因為那天早上夏荷明明還跟小俞發過訊息，小俞當時也有回應，當時一切都還很正常啊，小俞還說要等夏荷初四回來以後再聚，夏荷深信如果那個時候，小俞就已經有了離家出走的念頭，不可能一點也不透露的，不可能瞞著自己的，她們倆可是最好的朋友啊！

夏荷不免感到非常懊惱，都怪自己實在是太不小心了，除夕那天怎麼會那麼糊里糊塗、心不在焉的把手機給掉在休息站的呢！雖然前後也就只相隔短短的幾分鐘，那個時候他們一家根本都還沒有離開休息站哪，夏荷就已經發現手機放在休息時喝紅茶的地方，起身的時候忘了拿走，可是等到她急急忙忙再跑回去，手機早就已經不見蹤影了。

夏荷簡直不敢想像，在這短短的幾天之內，小俞究竟是碰到了什麼事、又經歷了什麼，才會下這樣的決心，居然選在大過年的、又是在她爸爸媽媽要從東南亞回來的前夕離家出走？夏荷猜想當小俞有這樣的念頭時，一定發過訊息給自己，那個時候一定特別的想跟自己聯繫一下的吧？如果自己的手機沒丟，就能好好的勸勸小俞，這麼一來，也許小俞就不會離家出走了。

唉，對於小俞的離家出走，夏荷愈想就愈覺得自己彷彿有著道義上不可推卸的責任。

同時，夏荷很希望小俞看自己怎麼都沒回覆短信的時候，能夠很快

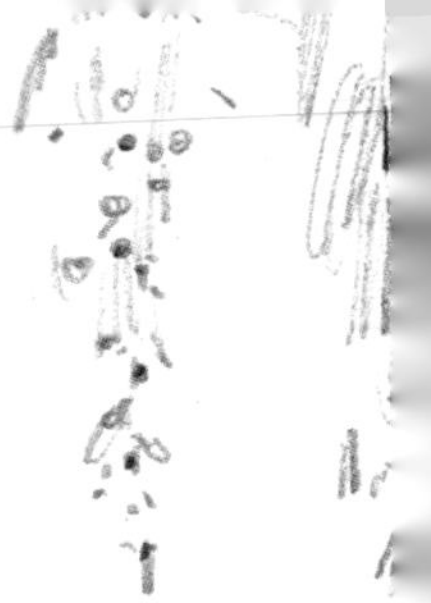

55 交換日記上的信息

就猜到一定是因為自己的手機丟了，要不然自己怎麼可能會不回呢！

等不到回音，小俞一定很失望，不過——

夏荷又把日記本拿起來，翻到最後那三頁「豆腐乾」，心想，既然這幾天小俞聯繫不上自己，那小俞一定猜得到等自己今天一回來，馬上就會迫不及待的上門來找她。

對，那三頁「豆腐乾」肯定就是寫給自己的，裡頭肯定有小俞留下的信息。

至於小俞為什麼會用那種怪怪的美術字寫成「豆腐乾」，答案似乎只有一個——小俞預料到哥哥一定會把裝著這個日記本的信封拆封，而且一定會大翻特翻，但小俞留給夏荷的信息，顯然不想讓哥哥看到。

也就是說，小俞相信夏荷一定能夠讀懂自己所留下的信息。

這麼一想，夏荷再度研究起來。

看夏荷那麼一副專注的模樣，俞克強彷彿看到了無限的希望。他克制住自己，不再大聲嚷嚷，惟恐把夏荷的靈感都給吵沒了，會影響夏荷對那三篇「豆腐乾」的解讀。

俞克強大氣都不敢喘一下，安靜了好一會兒、憋了好一會兒，才充滿期待的問道：「怎麼樣？你看出什麼來了嗎？」

夏荷翻來翻去，沒什麼特別的想法，決定還是要耐著性子，一篇一篇慢慢重頭來過，於是便回頭又翻到大年初一的那篇「豆腐乾」，定睛下來仔細研究。

看著看著，夏荷突然眼前一亮，覺得好像真的能看出一點「豆腐乾」裡頭的玄機了！

她迅速翻到第二篇，嘴裡還同時在喃喃自語著一些什麼。

俞克強聽不清，急著追問：「你說什麼？」

夏荷不理他，只管專心低低的嘰哩咕嚕，過了一會兒，又翻到第三篇……

「耶！」夏荷不自覺的笑了一下，那是一種在破解了某個難題之後，情不自禁所發出來的得意的笑。

「是不是看出來了？我妹說了什麼？」俞克強急急的問道。

「沒，我沒看出什麼。」

俞克強瞪著眼，「那你笑什麼啊！」

「不好意思，就是突然想到一件好笑的事。」

俞克強還是很不滿，「你不是我妹妹的好朋友嗎？她離家出走，你怎麼一點也不擔心！」

夏荷心想，看來不說一點什麼應付一下是不行了。

她在心裡迅速斟酌了幾秒鐘，「俞——俞克強——」

她本來是想叫「俞哥哥」或是「俞大哥」的，但是話到嘴邊又覺得太肉麻，便趕快硬生生的吞了回去，還是連名帶姓的叫吧。

「怎樣？」俞克強等著。

「我覺得小俞不會做很過分的事，她應該不久就會回來的。」

「是嗎？」俞克強頓了一下，還是那麼一副挺不知所措的樣子，「你說，我要不要報警啊？」

「我覺得不需要吧！」夏荷很快就表示了反對，「再說，小俞現在——只是不見了幾個小時，恐怕還不到六個小時，就算報警，警察恐怕也不會受理吧！」

俞克強想想，「這到也是……哎！怎麼辦呢！」

夏荷提議，「不如我們分頭去找找吧！」

俞克強還是苦著一張臉，「可是，要到哪裡去找？我完全沒有概念啊！就這麼滿大街的亂找嗎？」

「要不要去網咖找找看？」夏荷提議，並且很自然的表示：「老實說，我知道小俞有時候會到網咖去。」

俞克強說：「我也知道，唉，都是我爸媽管得太緊了，家裡有電腦也像沒電腦。」

為了避免影響學習，俞爸爸和俞媽媽平常對於兩個孩子上網的時間有相當嚴格的限制。

「你也會去網咖嗎？」夏荷問。

「會啊！」俞克強脫口而出，但隨即又趕緊補上一句：「呃，只是偶爾——」

提到網咖，俞克強似乎有些顧慮，「真的要去網咖找嗎？」

「總是可以去找找看的吧，你說呢？」夏荷說：「如果小俞現在還在附近，沒有跑遠，我覺得網咖是她可能會去的地方。你知道小俞有一個部落格吧？只要一有時間，她就會去更新她的部落格。」

關於部落格的事俞克強到是約略知道的，妹妹的部落格寫了至少有四、五年了，一開始可以說是奶奶開的，就是說表面上的格主是妹妹，但是因為當時妹妹還在念小二還是小三，所以在奶奶去世之前實際上幾乎都是奶奶在處理，後來奶奶去世了，尤其是在妹妹上了國中以後，媽媽再三叫妹妹別再弄這些東西，應該全心全意好好學習才是要緊，可妹妹總是不聽話，只要一有時間就還是去寫部落格，弄得不亦樂乎，為此經常讓媽媽很光火。

在同學之中，知道小俞有一個部落格、而且還經常打理的人很少，原因很簡單，因為早就已經沒什麼人在寫部落格了，現在大家都是玩FB或IG；大概只有夏荷知道小俞對自己的部落格感情很深，以至於如果在家上網受到管制，小俞就會偷偷跑到網咖去。

聽夏荷提起妹妹的部落格，俞克強趕緊先用手機上網去妹妹的部落格看看；儘管平常他很少留意妹妹的部落格，但要找的話當然還是找得

到的。

一看之下，俞克強有一個重大發現，原來妹妹在一個小時以前才剛剛更新了部落格，發了一篇文章，這也就是說，妹妹一定是在有電腦的地方，因為妹妹的手機是媽媽淘汰下來的骨董手機，上網功能很糟糕，幾乎純屬擺設，聊備一格，妹妹不可能是用手機來更新部落格。

算算時間，俞克強也推測妹妹應該還在家附近，要不然怎麼可能那麼快就發布了一篇文章呢？

至於妹妹更新的這篇文章，則是一篇很普通的讀後感，跟妹妹的出走應該沒什麼關係。為了證實自己的想法，俞克強也特意拿給夏荷看，果然，夏荷說那是在期末交的一篇作業。

小俞的部落格自開張以來，內容幾乎就都是她平常寫得比較滿意的作文，最初都是奶奶輸入的，自從奶奶患病以後，就換小俞自己輸入。

夏荷說：「還是趕快去網咖找找看吧。」

俞克強真不想去網咖——至少最近實在很不想去——但是為了找妹妹，他覺得自己不該推諉，還是只能硬著頭皮把這項任務給應承下來。

「好吧，」俞克強說：「那我就以我們家為中心，先從距離我們家最近的幾家網咖開始找起吧，然後再慢慢擴大範圍。那你呢？你有沒有想到可以幫忙上哪裡去找？」

「當然是去班上的同學家找啊，如果小俞在同學家，也很方便弄她的部落格。」

俞克強心想，去同學家找是一個好主意，而這還真的要靠夏荷幫忙不可，因為妹妹的同學他可是一個也不認得。

說真的，俞克強實在不相信妹妹會跑到哪裡去，他覺得夏荷分析得很對，妹妹這會兒應該不是在網咖就是在同學家，還能去哪裡？感覺上在網咖的機會或許還要更大一些，因為在他的印象中，妹妹不是那種很喜歡呼朋引伴的人，和自己完全不同，這樣的話好朋友應該不會很多吧？

這麼一想，俞克強就更加覺得自己應該去附近的網咖找找看，希望能夠及時把妹妹給找回來，總不可能就這樣呆呆的坐在家裡，什麼事也不做，然後就等著夏荷幫忙去同學家找吧！那也太不像話了！

「好，那我們就分工合作，分頭去找，真的很謝謝你的幫忙！」俞克強說。

他說得很真心，夏荷似乎感到有些不好意思，匆匆說了一聲「那我走了」之後就迅速離去。

在夏荷走後，俞克強這才想起自己實在是太糊塗了，居然忘了跟夏荷要一個手機號碼，不過，當他才剛剛這麼一想，又幾乎在同時記起來，要了也沒用，夏荷明明不久前才說過，她的手機搞丟了，那麼就算知道號碼也沒辦法打給她呀。

「真要命，那我該怎麼跟她聯繫呢？」

俞克強為自己的遲鈍感到十分懊惱，可是現在夏荷都走了，再怎麼懊惱也無濟於事。萬般無奈之餘，只得安慰自己，算了，如果夏荷找到了妹妹最好，就算找不到，她應該也會主動再過來看看妹妹回來了沒有才是。

「我還是趕快出去找妹妹吧。」

俞克強想著，抓起一條圍巾圍著脖子，然後就出門了。

事實上，他今天中午出門的時候，本來是打算要和同學出去玩一下午的，後來因為喉嚨不大舒服，感覺好像有一點要感冒的徵兆，這才提早回家，沒想到一到家就發現妹妹不見了，只留下那麼一封冷冰冰的信和一個要他轉交給夏荷的信封。俞克強心想，想來妹妹八成是在自己出門之後沒多久就也跟著跑出去了，幸好自己提早回家，要是真的玩到很晚才回來，那就要到更晚的時候才會發現妹妹離家出走。

「如果萬一真的要報警，好歹我還可以說出妹妹出走時比較確切的時間……」俞克強想著。

不過，他當然是希望不需要報警，希望自己或是那個夏荷能夠很快就把妹妹給找回來。

祕密地點

俞克強頂著寒風出門，有那麼一瞬間，心裡真不免要有些埋怨妹妹，幹麼要選在這種大冷天離家出走。

是的，在他的心裡好像還是不大能夠接受妹妹離家出走的事實，總覺得妹妹是在跟自己開玩笑，要不就是在玩捉迷藏。俞克強忽然想起，妹妹小的時候確實是很喜歡玩捉迷藏，那個時候自己好像也很喜歡老是擺出一個小哥哥的樣子，整天帶著妹妹玩，也不知道是從什麼時候開始，他跟妹妹就開始各玩各的，沒那麼親近了。

不對，不對，俞克強想著，其實妹妹好像一直都還是很喜歡黏著自己，是自己後來慢慢不大喜歡被妹妹黏了。

俞克強又想，不，好像也不能這麼說；應該說不是他不願意被妹妹黏，而實在是有心無力，實在是沒有時間、也沒有機會再被妹妹那樣「緊迫盯人」式的黏了。

他們兄妹倆相差三歲，半年前妹妹上國中的時候，他上高一，高中真的是另外一個階段，另外一個生存環境更為嚴峻的階段，像妹妹那樣的小孩子是很難理解和想像的，他每天從早到晚忙著應付課業都來不及，何況除了學習他也還需要自己的社交、自己的生活啊，哪可能還像小的時候那樣老是把妹妹帶在身邊？如果他真的那樣做，同學們很可能都會說他變態哩。

反正每個人都有自己的壓力、自己的問題，每個人都得自己想辦法「求生」，他能辦得到，他的同學能辦得到，他相信妹妹一定也能夠辦得到，想想看，多少學生不都是這樣過來的嗎？

果然，妹妹上了國中以來，好像適應的也還行，現在不是也都交到了好朋友了嗎？那個夏荷，看起來真的是妹妹很好的朋友。俞克強想著，現在夏荷都那麼熱心願意幫忙去同學家找找看，自己怎麼能偷懶，

當然也該多盡一份心力，趕快去附近的網咖找找看，畢竟離家出走的是自己的妹妹啊。

俞克強就這樣不斷的想著、不斷加強自己的信念，然後硬著頭皮朝著一家又一家的網咖走去。

其實，就在前幾天，他才剛剛發下重誓，暫時不要再去網咖了，真沒想到這麼快又來了，不過，當然這天的情況不同，這天他是為了尋找妹妹而來。

就在俞克強進出附近的網咖，十分心急的一家一家去尋找妹妹的蹤影時，與此同時，夏荷從俞家出來以後，就筆直朝巷口走去，彷彿是要走到大馬路上，然而實際上夏荷的目的地近在眼前，馬上就到了。

一走到巷口，夏荷立刻向右轉，沒走幾步就來到一家「杜麗大旅社」。招牌上雖然號稱「大旅社」，實際上卻只是一家小小的旅社，幸好小歸小，一切的設備都還算是滿新的，重點是這裡很乾淨，是一家挺可愛的旅社，而且「麻雀雖小，五臟俱全」，但凡一般旅社該有的設備，這裡一樣也不缺，只不過在擺放的時候煞費心思，每一間客房的空間都被充分發揮，絲毫沒有任何一個角落被浪費。

夏荷在大門口停下來，緊張兮兮的四下匆匆張望了兩眼，確定俞克強不在身後，就趕緊朝著「杜麗大旅社」閃了進去。

夏荷一進去，坐在櫃檯裡的婦人就抬起頭來看著她。

夏荷便在婦人的注視下走到櫃檯，客客氣氣的問：「阿姨，請問杜麗在不在？」

「你就是阿麗的同學，夏荷，對吧？阿麗一直在等你。」

這家旅社的老闆夫婦，是夏荷同班同學杜麗的爸爸媽媽，前幾年杜伯伯和杜媽媽在對旅社進行重新裝修的時候，改用寶貝女兒的名字來做店名，說感覺聽起來比本來的名字要洋氣。

從杜媽媽的態度就可以看出，顯然杜麗之前跟媽媽說過會有一個姓夏的同學來找。這麼一來，夏荷就更加肯定自己的猜測一定是正確的。

只見杜媽媽拿起電話，按了一個內線，「阿麗，你同學來了，就是你說的姓夏的那個女孩子。」

放下電話，杜媽媽招呼道：「阿麗馬上就下來，你等一下吧。」

阿麗的動作很快，說「馬上」還真「馬上」，不到兩分鐘就出現在夏荷的面前。

「夏荷，你真的來了！」杜麗笑咪咪的迎上來。

夏荷第一句話就是：「小俞在你這裡吧？」

「在呀！哈哈，小俞就說你一定能夠找到她的，可是我們沒想到你會這麼快！你是什麼時候回來的？」

「今天下午，」夏荷看看手表，「我是三點多到家的，到家不久我就去找小俞，然後她哥哥告訴我，小俞離家出走了。」

「哦，這就是說，她哥哥提早回來了。」

這時，櫃檯那裡的杜媽媽好像聽到了什麼，不放心的大聲問道：

「你們在說誰離家出走？」

杜麗趕緊回答道：「沒有啊，我們沒在說什麼離家出走啊，媽，你聽錯了啦！」

緊接著，杜麗拉著夏荷，小聲說：「走，我們上去再說。」

杜麗隨即把夏荷往二樓帶，她的房間在二樓。走到房門口，杜麗才剛剛轉動門把，房門就被裡面的人迫不及待的給打開了。小俞隨即探出腦袋，開心的說：「夏荷！你回來了！你是什麼時候回來的？你的手機是不是壞了？還是掉了？怎麼都不回我的訊息！……」

杜麗打斷道：「唉，等一下啦，進去再說啦！」

杜麗把夏荷往房裡推，正好房裡的小俞也把夏荷往房裡拉，這麼一推一拉，夏荷覺得自己簡直就像是滑進去似的。

「你怎麼都不回我的訊息啦！」小俞還在抱怨。

看小俞這麼一派輕鬆，這哪裡像是一個離家出走的人啊，再一想到俞克強那副著急的模樣，夏荷真不免要哭笑不得。

「我的手機搞丟了，」夏荷說：「除夕那天還沒回到爺爺奶奶家就丟了，掉在休息站，一眨眼再回頭去找就沒了，然後我又背不出你的號碼。」

「怪不得！」小俞說：「我除夕那天晚上發了好幾通訊息給你，你都不回，都快把我給悶死了！然後我就發給杜麗了！」

杜麗是小俞的同桌，如果論與小俞之間的交情僅次於夏荷，也是小俞少數的好朋友；在找不到夏荷的情況之下，小俞轉而找杜麗是很可以理解的。

「你發什麼神經啊，幹麼要離家出走，你哥哥都快被你嚇死了！」

夏荷的語氣中帶著一種明顯的不以為然的味道，小俞和杜麗自然是都聽出來了。

杜麗首先搶著說：「你不知道，真的好氣人的！」

小俞則是問：「你見到我哥了？」

夏荷忍不住瞪了小俞一眼，這不是廢話嗎！

「當然啊，我當然見到你哥了，要不然我怎麼看得到我們的日記！」

「也是也是！我說呢，你怎麼會來得這麼快！我本來估計你應該是在晚飯前才會碰到我哥，然後才會找來的，我哥中午出門的時候有說大概是晚飯前回來，那看樣子他是提早回來了。」

「喔，那如果他沒有提早回來，我去你家敲門沒人應，你就忍心讓我這樣來來回回跑好幾趟，直到碰到你哥為止？你明明知道我只要一回來就會來找你的啊，你也太狠了吧！天氣這麼冷哪！」

「也不一定啊，」杜麗說：「也許你去小俞家找不到人，直接就會來找我了呀！」

夏荷想想，嗯，這倒也是，按照常理判斷，如果自己回來上小俞家沒找到小俞，的確很可能就會跑來找杜麗，就算小俞不在杜麗家，至少也可以問問杜麗小俞的手機號碼，這麼一來不是就可以跟小俞聯繫上了嗎？

也就是說，其實不管夏荷有沒有看到日記本、有沒有破解小俞隱藏在那三篇「豆腐乾」裡頭的信息，對夏荷來說，想要找到小俞是一點也不難的。

小俞的哥哥想必就是因為對於妹妹的同學一個也不認得，一看到妹妹離家出走的留言才會那麼的驚慌失措，不過——夏荷不免又想，小俞的哥哥不認識妹妹的同學，這也很正常，這也不能怪他啊！

正這麼想著，小俞關切的問道：「我哥哥真的很著急嗎？」

「我看是滿著急的，他都還在想要不要去報警……」

小俞一聽，立刻急著問：「你沒讓他去吧？」

「我勸他了呀，我說你才不見幾個小時，就算去報警，警察可能也沒有時間理會吧，警察那麼忙！」

「幸好！幸好！」小俞誇張的拍拍胸脯，「要是他真的去報警，那事情就鬧大了！」

杜麗問夏荷：「那你有沒有跟他說要先找找看？」

「當然有啊，我說還是我們先分頭找找看吧。」

「你有沒有叫他去網咖？」小俞問道。

「有啊，按你的意思，我說要跟他分工合作，叫他去網咖找，然後我說我來同學家找，我們都判斷你不是在網咖就是在同學家，」夏荷頓了一下，「我沒有騙他啊！」

可不是？宣稱離家出走的小俞，不是一直好端端的待在同學杜麗的家裡嗎？

夏荷向來不喜歡撒謊，這是因為她之前撒過謊，後來覺得撒謊實在是太累了，只要撒了謊，就得隨時牢記自己的謊言，並且隨時提高警覺，隨時準備應付別人不經意的詢問，這樣才能避免謊言穿幫。不過，這當然都是理論啦，實際上夏荷過去的經驗告訴她，所有的謊言都有被揭穿的一天。

現在，看到好友小俞扯了這麼大的一個謊，居然騙她哥哥說自己要離家出走，然後還騙她哥哥上網咖去找，夏荷覺得這簡直是太過分了，而且……

「你幹麼要讓你哥哥去網咖啊？」夏荷問。

「因為我要證據。」

話音剛落，小俞似乎想起了什麼，馬上抓起手機走到落地窗前往外張望。

杜麗大旅社所處的這條馬路並不寬，對街有一家網咖，從杜麗的房間可以清清楚楚、居高臨下的看到網咖的大門，按小俞的設想，只要夏荷見到了哥哥，而且緊接著還順利找了過來，就表示計畫啟動，從現在開始，她得密切注意進出那家網咖的人員。

破解密碼

半個多月以前，當夏荷和小俞開始寫交換日記的時候，杜麗是知道的，事實上當時小俞本來也有約杜麗，提議三個人一起寫，但是杜麗拒絕了。在杜麗看來，夏荷和小俞都是那種有點兒喜歡附庸風雅的文藝少女，成天塗塗寫寫，又沒有稿費，杜麗弄不懂這有什麼好玩、有什麼好寫？

何況，寫日記還是一件充滿風險的事。想想看，既然是這種不需要交給老師或是家長看的日記，同時也就意味著是絕對不能被老師或是家長看到，萬一被看到就會死得很慘，這樣的事，杜麗才懶得做呢！

小俞為了打消杜麗的顧慮，這才有了一個點子，「我們可以用密碼來寫啊，這樣就算一不小心被大人給看到了，他們也看不出來我們是在寫什麼。」

但杜麗還是揮揮手，連呼：「太麻煩了啦！你們玩吧，我就不參加了！」

因此，最終還是夏荷和小俞兩個人一起寫交換日記。在過年以前，她們每天輪流，一人寫一篇，表面上都是一些童話故事，實際上都是真實的生活、真實的心情。夏荷和小俞都覺得日子過得挺悶的，藉由一起寫交換日記這樣的方式，兩個女孩其實是不斷的在互相打氣。

這也是杜麗無意參加書寫交換日記的原因之一，因為在杜麗看來，日子沒那麼悶，也就是說，她覺得日子沒那麼難過；杜麗的爸爸媽媽很

少吵架，家庭和睦，而且爸爸媽媽對她的學業要求也不是那麼高，只要求她將來好好的念完高中，還有最重要的是千萬不要學壞就行了。

在得知小俞在日記本裡頭留下了信息給夏荷，也就是俞克強形容的那三篇「豆腐乾」以後，杜麗就很好奇，小俞到底是留了什麼樣的信息，夏荷又是怎麼猜出來的？

先說第一篇。俞克強看到的「豆腐乾」是這樣的：

夏山洋皮紙墓園煉金術
夢荷金寶森林沼澤陷阱
小村別離祈禱文太陽宮
女巫扁擔玻璃球鼻煙壺

麗秋英雄心心相映漫步
老山羊湖光按指印小溪
詩篇小精靈忘我流浪狗
村落雷雨山色目的市集
珠寶盒保險櫃妙筆生花
燈蕊聖潔屋頂跳舞明日

實際上，經過推敲，夏荷看到的是這樣：

夏山洋皮紙墓園煉金術
夢**荷**金寶森林沼澤陷阱

小村別離祈禱文太陽宮
女巫扁擔玻璃球鼻煙壺
麗秋英雄心心相映漫步
老山羊湖光按指印小溪
詩篇小精靈忘我流浪狗
村落雷雨山色目的市集
珠寶盒保險櫃妙筆生花
燈蕊聖潔屋頂跳舞明日

於是，在這個時候夏荷就知道，所謂的離家出走只是小俞的一個玩笑，或者說是遊戲，總之小俞並不是真的打算要離家出走，所以小俞才會叫自己別擔心呀！

那麼，小俞到底在哪裡呢？按第一篇「豆腐乾」的指示，小俞的生日就是破解第二篇以及第三篇「豆腐乾」的鑰匙。

第二篇是這樣的：

神祕寶貝叫喚路浦尤斯基
觀世音菩薩蓮步輕輕趕超
相框墨鏡神經刀叱吒風雲
雲深不知處飛毯大江東去
賞楓季節網住一片雲匆匆
拿鐵摩卡瑪奇朵都是大咖

表面上還是一些名詞堆在一起，在俞克強看來，這些名詞乍看之下好像比第一篇要有那麼一點聯繫，但是仔細再看看好像又不盡然；譬如說，「神祕寶貝」是誰？「路浦尤斯基」又是誰？「神祕寶貝叫喚路浦尤斯基」是什麼意思？觀世音菩薩移動起來好像是可以用「蓮步」來形容，然後因為觀世音菩薩是神，移動起來自然是無聲無息，不可能弄出很大的動靜，那就是「蓮步輕輕」，可是接下去「趕超」這個詞該做何解釋？觀世音菩薩要趕超什麼呢？……

就這樣，俞克強看得糊里糊塗，分析不出個所以然來。

然而，當夏荷看到第二篇的時候，由於已經有了第一篇的暗示，她需要的只是驗證。

她先迅速數了一下，在第一篇裡頭，一共是十行，每行十個字，第二篇則是一共六行，每行十一個字。

十一，不會錯了，因為小俞的生日是五月十一日。

因此，第一行，夏荷在心裡「一、二、三、四、五……」默默的數，數到第五個字「叫」，暗暗記下；第二行，數到第十一個字「超」；第三行又是第五個字……以此類推，按照「五」、「十一」這兩個數字交錯的規律，夏荷找到了小俞的信息：

神祕寶貝**叫**喚路浦尤斯基
觀世音菩薩蓮步輕輕趕**超**
相框墨鏡**神**經刀叱吒風雲
雲深不知處飛毯大江東**去**

賞楓季節網住一片雲匆匆
拿鐵摩卡瑪奇朵都是大咖

叫超神去網咖——這就是小俞的信息，也是小俞要夏荷去做的事。

至於最後一篇，很短，是三篇「豆腐乾」裡頭最短的一篇，只有五行，每行十個字：

流星雨杜立德飛簷走壁
北極光冰原壯麗莫等待
沖天炮大遷徙錦衣夜行
白浪滔滔春風旅人懷鄉

龍捲風社會險惡小蝦米

實際上，小俞在這一篇中交代了自己的去處。

夏荷按照小俞的農曆生日，四月七號，取「四」跟「七」這兩個數字，像剛才對第二篇解碼那樣，很快就讀到了一個訊息：

流星雨**杜**立德飛簷走壁

北極光冰原壯**麗**莫等待

沖天炮**大**遷徙錦衣夜行

白浪滔滔春風**旅**人懷鄉

龍捲風**社**會險惡小蝦米

所以，夏荷馬上就知道該上哪兒去找小俞，只是當時她還不能告訴小俞的哥哥，這是因為小俞在第二篇中明確的指示：

叫超神去網咖

夏荷雖然不明白小俞為什麼要自己這樣做，但她知道「超神」指的是誰，就是小俞的哥哥俞克強。

為什麼呢？這可是有一個「典故」的。

不久前，小俞無意中發現哥哥的房裡有一面小錦旗，上面寫著：

賀　俞克強刀塔一百次超神

「超神」兩個字還被放得特別大，看起來很有喜感。署名是一家網咖的店名，小俞知道這家網咖，就在她們家附近。

小俞問過哥哥，那家網咖幹麼要送他這樣一面錦旗，俞克強說，那家店的老闆很有意思，凡是在他店裡玩「刀塔遊戲」，拿到一百次「超神」的時候，他就會送這麼一面錦旗。不過，俞克強叫妹妹千萬不要告訴爸爸媽媽關於這面錦旗的事。

本來，不說就不說，對於哥哥的叮嚀，小俞很放在心上，她是絕對不會出賣哥哥的，可問題是哥哥也未免太不夠意思、太不講道義了吧！

大年初四這天下午，就在夏荷找到小俞之後沒多久，小俞就把前幾天除夕夜那天晚上在家裡發生的事再講一次；之前小俞當然已經告訴過杜麗啦，但杜麗不反對再聽一次，她還可以隨時幫忙補充呢。

不過，小俞在敘述惱人的除夕夜時，是拉著夏荷一起站在落地窗前，一邊盯著對街那家網咖，一邊說的。同時，小俞怕自己講得分心，還要杜麗也幫忙自己盯著。

心酸往事

除夕那天晚上，俞家一家四口在餐廳吃年夜飯的時候就不怎麼開心。

由於生意太好，餐廳裡的廚師和服務員又比平常少，很多員工都休假回家過年，不管加幾倍工資好像都依然留不住人，連餐廳老闆夫婦都不得不滿頭大汗親自下場當起跑堂了，但還是忙不過來；一頓飯吃得真是讓人煩躁不堪，好不容易上了一道菜之後，就要一直痴痴的等，等得柔腸寸斷、望眼欲穿才可能再上來另一道，就這麼拖拖拉拉的邊吃邊等，足足花了將近兩個小時，才總算把媽媽預訂的年夜飯大餐給吃完了。

還在餐廳苦等的時候，爸爸的臉就已經拉得好長，活像有人欠了他幾百萬似的，後來幾乎是一離開餐廳，爸爸就開始抱怨起來。

到餐廳吃年夜飯本來就是媽媽的主意，爸爸一開始就不贊成；或許就是因為這個緣故，爸爸顯然覺得自己很有抱怨的資本，這可把媽媽給惹火了。

過去當爺爺奶奶都還在的時候，小俞和夏荷一樣，每到過年就得跟隨家人千里迢迢的趕回老家去過年。小俞的老家比夏荷的老家還要遠，就算一路交通很順暢，單程也要開將近六個小時。儘管路途辛苦，由於爺爺奶奶就爸爸這一個兒子，期盼成家立業的兒子能夠帶著媳婦和孫

子、孫女回來過年，是老人家莫大的心願，做晚輩的怎麼忍心讓老人家失望呢！所以不管有多累，爸爸都還是堅持每年一定要全家人回去。直到後來爺爺奶奶都陸續過世以後，每到春節，俞家就開始在自己家過年，再也不必回老家了，畢竟老家本來也就沒什麼人了。

一開始，媽媽還是像往常一樣，會在除夕當天忙上一整天，準備一大桌豐盛的年夜飯，只不過她把燒菜做飯的地點從爸爸的老家搬到現在他們自己的家而已，但是從今年開始，媽媽決定改變做法，自己不弄了，轉而在一家餐廳訂了年夜飯大餐。

當爸爸知道媽媽的計畫時，非常不贊成。爸爸說，過年的時候上館子肯定是活受罪，花了錢肯定得不到應有的品質，還不如在家隨便吃吃算了。

這時，哥哥還在一旁湊熱鬧的說：「好哇，叫肯德基，要不就叫麥當勞外送好了！」

媽媽說：「這怎麼可以！大過年的怎麼可以隨便吃吃！」

媽媽的想法是，儘管只有他們一家四口過年，年夜飯還是要像以往一樣豐盛，絕不可以隨便亂吃，但是她自己又實在是懶得弄。以前由於自己是唯一一個兒媳婦，為了準備年夜

飯不忙到累癱邊緣是不行的，可是就在去年過完年以後，她忽然如夢初醒，意識到其實現在公公婆婆都不在了，自己何必還要為了張羅年夜飯而累得人仰馬翻呢？反正每年弄那麼多菜到頭來還不都是吃不完，對，乾脆還是別弄算了！

於是，今年媽媽便七早八早就訂好了年夜飯大餐。她聽好多朋友都說過，現在很多家庭都不再自己弄年夜飯了，上餐廳吃年夜飯漸漸成為一種流行，一些熱門餐廳的年夜飯大餐更是早早就宣告訂滿，所以不早一點訂是不行的。

除夕夜那天，當他們一家在餐廳裡苦等上菜，而且爸爸雖然臉色很難看，但還沒有開口抱怨和批評的時候，媽媽的心裡比誰都急，也確實頗為懊惱，甚至都要後悔不該堅持來餐廳吃年夜飯了，可是，說也奇怪，等他們一離開餐廳，爸爸開始喋喋不休，媽媽心裡那一點點、一絲絲內疚之類的感覺反而在瞬間一掃而空，取而代之的只有憤怒。

「你夠了沒有啊！」媽媽大吼：「怎麼總是一點小事就囉哩囉嗦個沒完！哪來這麼多的牢騷啊，不管我做什麼都要抱怨！一個大男人，老是這麼愛抱怨，真是一點出息也沒有！」

就在那一刻，她幾乎立刻就想到，天哪，第二天還要跟這個傢伙一起出門去旅行，真是煩死了！不難想見到時候勢必也會一路聽他抱怨，反正要讓這個傢伙滿意真是比登天還難！

想到這裡，她真是後悔極了，後悔真不該聽朋友的勸，一時興起居然就去報名了旅行團，要跟這個傢伙來一個什麼二度蜜月，哼，真是見鬼了，她就不相信在那四、五天之內聽不到他的抱怨，而由於參加旅行團出去玩一趟也是她的主意，所以她幾乎現在就可以預見，屆時他一定又會把所有的矛頭都指向她！

正在氣頭上的她，頓時非常不滿的脫口而出道：「明天我不想去了！早知道真該讓你們父子倆自己去就得了！」

小俞有些奇怪媽媽怎麼會這麼說，所謂「父子倆」是指爸爸帶著哥哥和自己嗎？可是媽媽剛才說這個話的時候怎麼又只是朝著爸爸和哥哥那裡看、並沒有看自己呀？

小俞正在疑惑，不料，緊接著竟然聽到哥哥接口道：「我才不要咧，我早就說過幾百萬遍了，只有小孩子才會跟大人出去玩，我又不是小孩子，我都已經是高中生了！」

什麼？小俞大驚，馬上追問道：「哥！什麼叫做『早就說過幾百萬遍』？爸媽問過你嗎？」

「是啊——」

俞克強話一出口，這才想起——哎呀！糟糕！本來媽媽交代過他，叫他不要說的，可是剛才他忘了！

他趕緊看看媽媽，果然看到媽媽很不高興的眼神。

小俞又驚又氣，轉而大聲質問道：「媽！為什麼你只問哥哥？不是說是你跟爸爸兩個人的二度蜜月嗎？為什麼還要帶哥哥？為什麼你就不問我？我願意去啊，我還是小孩子啊！」

「你怎麼是小孩子？你都已經上國中了，不是小孩子了。」媽媽說。

小俞一聽，更是氣得不行，媽媽簡直就是在亂扯啊！

「我是說你為什麼會問哥哥要不要去？原來你本來打算要帶哥哥去，只是他自己不要去而已，為什麼你不問我？為什麼你就沒想到要帶我去呢！我也沒有去過東南亞啊，我也想去玩啊！」小俞氣得臉都紅了。

這時，不久前還在跟爸爸吵架的媽媽到反而一下子鎮定下來，挺平心靜氣的說：「有話好好說，這麼大聲幹什麼？女孩子這麼不秀氣，動不動就臉紅脖子粗，多難看！其實，這也沒有什麼，我是問了你哥哥，既然他說不去，那我就跟你爸爸兩個人去算了，所以就沒問你了，就是這樣。」

看媽媽說得這麼理所當然，小俞更加悲憤，不禁大叫道：「我就是一直在問你，為什麼你就不問我啊？為什麼你就不想帶我去？你就是偏心！」

這時，連爸爸也開口制止道：「哎，夢嬌，做什麼呀！大過年的，嚷什麼，有什麼好嚷的！」

媽媽呢？則已經立刻改變策略，面不改色的對小俞說：「你說為什麼，那我告訴你，就因為你老是這樣動不動就嚷嚷，你就沒哥哥聽話，你不曉得這次同團有好幾個熟人，要是被人家看到你這樣朝著我們嚷嚷，我們多下不了臺！」

小俞不服氣，難以自抑心中的怒火，叫得更大聲：「我怎麼會沒有哥哥聽話？」

「你——你總是上網，對！你總是在網上浪費太多的時間，也不好好學習，所以你的成績才總是沒法跟你哥哥比！」

「我？我總是上網？」小俞瞪著眼，簡直快氣炸了。

「是啊，你不是老在弄你那個什麼部落格嗎？又沒什麼人看，還老是寫，有什麼意思，都上國中了，還不曉得要好好學習！這樣下去將來可怎麼得了！」

「我弄部落格，我上網？」小俞指指自己的鼻子，然後又指指哥哥，「那哥哥呢？哥哥就不上網？」

「就算哥哥也有上網，肯定沒你上得多！這個只要看成績就知道了！」

小俞正想分辨，側過臉去看著哥哥，只見哥哥朝她輕輕搖了一下頭，眼神裡還流露出「拜託」的味道，顯然是要她幫忙別提什麼「刀塔」、更別提那個「一百次超神」的小錦旗。儘管小俞其實也弄不大明白所謂「一百次超神」到底是什麼東西，但她知道這至少可以表示哥哥花在網上的時間肯定不少，只是媽媽不知道罷了。

小俞不說話了。哼，就任由媽媽去數落，隨便媽媽怎麼說吧！反正在媽媽的心目中，哥哥向來是樣樣都好、沒有一點缺點的。

聽完了小俞的敘述，夏荷有些不敢置信，「所以——你說你要證據，原來你是故意假裝離家出走，然後要你哥哥去網咖找你，然後想要拍下他進入網咖的證據？」

杜麗搶著說：「沒錯，就是這樣！這是我們在除夕夜那天晚上討論出來的。」

小俞對夏荷說：「我找你，你都沒反應，我就找杜麗，然後我們就火速想出這個對策……」

杜麗邀功似的說：「主要是我想的計畫啦，我覺得她哥哥實在是太欺負人了！」

說到這裡，小俞也氣嘟嘟的跟進說道：「我媽媽總是袒護我哥哥，如果我說哥哥其實經常去網咖，她一定不相信，一定會說我誣賴哥哥，所以我要拍下鐵證，教我哥無從抵賴！當然啦，我也想嚇嚇他們，尤其是想嚇嚇我哥哥！」

「可是，這好像不大對吧？」夏荷說：「現在你哥哥去網咖是為了要找你，又不是為了打電動！我感覺如果你這樣把他拍下來，拍他進出網咖，感覺真的就是在誣賴他了！」

杜麗說：「噯，夏荷，你別這麼死腦筋好不好，這是變通啊！你想啊，反正她哥哥經常去網咖是一個事實，只不過以前沒人拍下來，我們現在只不過是把以前的事補充一下照片資料而已，有什麼誣賴他？」

夏荷想了一下，還是不以為然。

「我還是覺得怪怪的，我感覺這是歪理，」夏荷看著小俞，「而且你不是都答應你哥哥，不會把他經常上網咖打電動的事告訴你媽媽？如果你還是說了，不是就不守信用了嗎？」

小俞一聽，頓時又急又氣，「我不守信用？你怎麼能這麼說呢！是我哥哥先過分啊，他太不講道義了！看我挨罵，而且還是為了上網的事挨罵，他都不幫忙說一下！如果他說一下，我媽媽一定會聽的，就像如果他勸我媽媽，叫我媽媽帶我去東南亞玩，我媽媽一定也會聽的，反正我媽媽就是重男輕女，向來只聽我哥的話！」

說來說去，小俞還是為了自己被澈底排除在旅遊計畫之外這個事情很不開心，耿耿於懷。

「好吧，」夏荷又問：「那你怎麼知道你哥一定會來這一家網咖呢？這附近有好幾家網咖啊，你怎麼確定就是要盯著這一家？」

小俞回答道：「因為我在這裡碰到過我哥好幾次啊！而且你忘了還有那個什麼『超神』的錦旗呀，就是這家網咖送的。」

這時，杜麗老氣橫秋的批評道：「不是我說，我覺得她哥哥真的太虛偽了，明明自己也經常上網咖，而且明明自己也很不喜歡他媽媽老是管他們上網……」

「就是啊！」小俞忿忿不平的說：「平常在私底下，我哥的抱怨比我還要多的！他說我媽媽就是死腦筋，總是莫名其妙的二分法，好像只要打電動、上網咖就一定是壞學生，其實根本不能這樣看，他還說那些動不動就批評打電動的大人，自己根本一點也不懂什麼是打電動，也不懂小孩為什麼會喜歡打電動，反正對於小孩的事情他們根本就懶得來接觸，更不要說理解了。」

「你看，說得多偉大啊！」杜麗接腔，語氣中充滿了嘲諷，然後義正辭嚴的對夏荷說：「可是那天晚上當俞媽媽一直在罵小俞什麼上網不上網的時候，他怎麼就可以完全的袖手旁觀，一聲都不吭，當時他聲援一下小俞、幫小俞說幾句話不行嗎？他明明知道俞媽媽會比較聽他的話啊，實在是太過分了！我認為一定要好好的教訓教訓他！」

太陽宮網咖

俞克強把附近幾家網咖幾乎都找過了，都沒有看到妹妹。

這個時候，他的心情挺複雜；他知道還有一家網咖應該過去找找，但是因為實在不想再踏進那家網咖的大門，就有些自我安慰的想著，也許妹妹現在已經回家了？畢竟在這樣一個大冷天離家出走一點也不好玩；又或者，妹妹的同學夏荷現在已經找到妹妹了？

這麼一想以後，俞克強立刻就覺得先不去那家網咖看看似乎也不要緊，不妨還是先回家看看再說吧！

稍後，當俞克強在公寓一樓沒看到夏荷時，很是失望，因為如果夏荷來了，很可能就意味著夏荷的尋找有了進展。但他隨即還是忍不住繼續哄著自己，外頭這麼冷，就算夏荷來了，幹麼要站在一樓吹風，她不會先上去嗎？也許夏荷現在就站在五樓他們家的門口等著要告訴他什麼好消息呢！甚至，更棒的是，也許妹妹和夏荷現在就都已經舒舒服服的待在在家裡有說有笑，只有自己像個傻子、至少也是像個無頭蒼蠅一樣的在外頭到處亂找哩！

就在這麼短短一兩分鐘的時間之內，俞克強抬頭往五樓看了一眼，想像著兩個女孩嘻嘻哈哈的場面：她們一定是一起靠坐在客廳那張長沙發上，各自抱著一個有卡通圖案的靠枕，桌上有好幾包拆了封的零食，現在是過年，家裡的食品比平常豐富，媽媽也不會管制太多，妹妹是個貪吃鬼，對此是最開心了，當然，桌上少不了還會有兩杯熱呼呼的奶茶，這是妹妹冬天時最愛喝的飲料，因為是剛剛才泡好的，都還正在冒煙，兩個女孩一邊吃著零食，一邊嘰哩咕嚕，那兩張嘴巴喔根本就忙不過來……俞克強想像的畫面是這麼的真實，以至於他不由得都要以為真的就是這樣，便不自覺的趕緊加快腳步，三步並做兩

步的就往樓上衝。

然而，他很快就失望了。當他急急忙忙打開家門一看——裡頭冷冷清清，一個人也沒有。

這時，已經快要五點了，冬天天黑得快，室內的光線已經有些昏暗。

俞克強打開了客廳的大燈，就在大放光明的那一瞬間，他正好看到茶几上的那個本子，就是妹妹叫他交給夏荷，但是夏荷只是看看卻沒有帶走的那個本子。

奇怪，夏荷是忘了帶走嗎？還是說本來就不打算帶走？

如果是忘了帶走，那她一定是看到了什麼，可因為急著離開，所以才會大意忘記了，俞克強忽然很是懷疑的想著，夏荷究竟從裡頭看到了一些什麼呢？不難想見，那一定是跟妹妹的離家出走有關！

俞克強上前把本子拿起來，首先還是翻到最後那三篇「豆腐乾」。之前，他曾經跟夏荷說，他看了半天感覺只有「麗秋英雄心心相映漫步」、「神祕寶貝叫喚路浦尤斯基」、「觀世音菩薩蓮步輕輕趕超」等少數幾個句子好像有一點名堂，但到底是什麼意思他又猜不透，其實，那個時候俞克強並沒有說實話；實際上，在那三篇「豆腐乾」中，有好幾個詞彙，俞克強讀起來都覺得有些心驚肉跳。

那是——「陷阱」、「按指印」、「太陽宮」、「社會險惡」……尤其是「神經刀」，真是不可思議，在妹妹的這個本子裡頭居然會出現「神經刀」這個詞！

不過，按俞克強理性的判斷，他很確定妹妹會寫到這幾個詞彙一定是純屬巧合，因為妹妹是絕對不可能知道那些事的，而自己之所以會對這幾個詞彙特別敏感，甚至當他讀著那三篇「豆腐乾」時，這幾個詞彙居然會一下子就跳出來在他眼前直晃，俞克強認為這顯然是跟自己最近的心事很有關係。

俞克強知道有一個人自稱「神經刀」，也就是說，對俞克強來說，「神經刀」不只是一個詞彙而已，而是能夠讓他立刻聯想到一個活生生的人物。

他是「太陽宮網咖」老闆的外甥，俞克強到現在都還弄不清楚他的真實姓名，只聽老闆叫他「小陸」，「神經刀」這個帶著搞笑意味的稱號則是俞克強私底下替小陸取的，源自於小陸的網名「神刀小陸」。

一個多禮拜以前的一個周日下午，當俞克強在太陽宮網咖打電動的

時候，不經意間注意到鄰座那個傢伙一直在跟別人網上聊天，從那個傢伙一身的運動服看來，俞克強覺得他的年紀應該不會太大，頂多二十出頭，也就是說應該比自己大不了幾歲，由於不修邊幅，頭髮亂糟糟的，瘦削的臉上還有不少鬍渣，感覺有些邋遢和落魄，不過這個時候俞克強也沒太在意，直到稍後俞克強打完一場，那個傢伙剛巧起身離座，俞克強在放鬆的時候眼神隨意一瞄，剛巧一眼就瞄到「神刀小陸」這個名字。

「什麼怪名字，神刀？哈哈，乾脆叫『神經刀』好啦。」俞克強的心裡正在發笑，忽然看到兩行LINE的對話，頓時就愣了一下。

那兩句話是這麼說的：

什麼時候動手？

你先轉一半的訂金到我的帳戶，我就立刻動手。

第二句是神經刀說的。

這是什麼意思啊？俞克強心想，怎麼這麼充滿了江湖味？

就在這時，神經刀拿著一包薯片回來了，俞克強當然趕緊把視線拉回來，不敢再偷看。幸好，神經刀一落座，匆匆忙忙撕開那包薯片，胡亂抓了幾片塞進嘴巴裡以後，又忙著繼續LINE去了，壓根兒就沒注意到俞克強方才曾經朝自己的電腦投過來好奇的眼光。

接下來，俞克強繼續打電動，在打電動的同時，隱隱約約感覺得到神經刀還在繼續的LINE。這傢伙不講衛生，也沒什麼公德心，一直喀嚓喀嚓大口大口的吃著薯片，簡直像一個大老鼠。從大老鼠的想像，俞克強忽然想起曾經在書上看到過這麼一種說法，說在互聯網的時代，一切都是虛擬的，你甚至不知道坐在電腦前的可能是一隻狗……

就在這時，俞克強的心裡猛然一驚，疑惑道，這個自稱神經刀的傢伙，不會是一個殺手吧？要不然剛才那兩句充滿江湖味道的對話該做何解釋呢？

幾乎就在同時，俞克強想起看過一些在網上雇凶殺人的報導，或者是警察在網咖裡抓到什麼通緝犯的新聞畫面，不由得想著，當那些壞蛋正在網上和人「談生意」的時候，以及在警察突然出現抓人之前，坐在這些壞蛋鄰座的人，會有感覺嗎？會想得到自己正坐在惡魔的身邊嗎？

俞克強心想，大概不會吧！在網咖裡每個人還不都是只關心自己眼前的螢幕，對於身邊的一切根本就是充耳不聞、視而不見，不會在意的，自己也是這樣啊，每次來這裡，都只是為了抓緊時間偷空玩一下遊戲，放鬆一下，他向來是頂瞧不起那些把打電動當作正經事的人。可以這麼說，在俞克強的信念裡，他從來不相信有什麼「網癮」，甚至他根本不相信會有什麼「上癮」這種事，在他看來，那都是在現實生活中無事可做、找不到生活目標的人，才會對某種東西所謂的成癮，實際上就是一種逃避，他可不一樣，對於未來他有很明確的目標，他想上大學，還想上好大學，如果可以，將來也還想出國深造，在他的生活裡，打電動純屬娛樂，但是既然爸爸媽媽不理解、這麼不放心，那就不在家裡打就是了，所以他才會上這裡來，在爸爸媽媽的概念裡，這是只有壞學生才會來的地方。

那天，俞克強按原本計畫在打了兩場遊戲之後，起身準備回家。當他收好東西站起來時，眼神有意無意往鄰座一掃，注意到神經刀還在那兒LINE，看來這個傢伙來網咖就是專程來LINE的。忽然，神經刀側過臉來，不經意的跟俞克強打了一個照面，僅僅就這麼一眼，就讓俞克強打心底的升起一股寒氣，因為那個傢伙的嘴角有一個好大的傷疤，看起來挺嚇人的。

出於本能，俞克強慌忙把眼神收了回來，保持鎮定，若無其事。就在他把椅子推進去放好的時候，神經刀居然開口了。

「兄弟，手機借一下吧？」

神經刀的聲音很沙啞，活像鴨子叫，又帶著濃濃的鄉音，起初俞克強沒聽明白，還「啊？」了一聲，直到第三遍，俞克強才總算聽懂神經刀是在跟自己借手機。

雖然俞克強的口袋裡有手機，可是他當然不想借給神經刀，別的不說，光是看這個傢伙這麼髒，他才不想讓這個傢伙碰自己的手機呢，更何況誰知道神經刀會用自己的手機去做什麼壞事！

俞克強很快就想到反正自己的手機是設置在靜音狀態，現在又是冬天，衣服穿得厚，就算一萬個不巧下一秒鐘馬上就有人打電話或是發短信過來，應該也看不出什麼動靜，於是，便回答道：「不好意思，我沒帶手機。」

說來也真是太巧了，話音剛落，他就明顯的感覺到衣服裡在震動，這表示有電話打進來了，幸好他沒記錯，確實是設置在靜音。

俞克強有些心虛，不敢久留，趕緊離開。再說他也得趕緊離開，出了店門以後才能看看是誰打來的，現在還在店裡他可不敢察看，生怕被神經刀發現剛才自己明明有手機卻不肯借，搞不好那個傢伙會為了這個而記仇也不一定。俞克強記得曾經不止一次聽爸爸感嘆過，說搞不懂現在這個社會究竟是怎麼了，怎麼老是有那麼多人會為了一點點芝麻綠豆的小事而動刀動槍，簡直是匪夷所思，令人無法理解。

走到櫃檯，結帳時，老闆老梁對他說：「我那個外甥沒有麻煩你吧？」

這時，口袋裡的手機總算停止了震動，俞克強心想，一定是媽媽打來的，得趕快回撥一下，免得媽媽會「奪命連環打」，不到三十秒一定又會打過來。

「誰?你的外甥?」俞克強一邊付帳，一邊朝方才的座位那裡看了一下，神經刀此時正在跟另一個鄰座說話，大概還是在借手機吧。

「那是你的外甥?頭髮亂亂的那一個?」

俞克強心想，這個傢伙跟老梁根本不像是一家人，老梁很愛乾淨的，雖然喜歡留披肩的長髮，可是總是紮成一個俐落的馬尾，看起來很時尚，跟他的臉型配合起來感覺很協調。對於這個，俞克強有時還會有一點點羨慕，因為他知道就算自己偶爾也會有想要嘗試一下留長髮的感覺，但自己是絕對不適合的，就憑自己遺傳自老爸的這張大餅臉，他猜想自己如果也紮了馬尾，看起來恐怕會比妹妹還要更像大嬸。哎，沒辦法啊，人生是殘酷的，同時也是無奈的，有的造型就是只適合某些人，就像演電影《魔戒》裡的那個精靈王子奧蘭多，俞克強看過他主演的其他電影，好像就沒有一個造型能夠像精靈王子那樣的適合他。像人家奧蘭多那樣的帥哥都尚且如此，他們這些普通人就更不要胡思亂想了。

老梁說：「他過來玩幾天，過兩天我就讓他回南部老家去。」

「他多大？」

「跟你差不多，去年落榜，現在正在重讀，不過狀態不好。」

說到這裡，老梁忍不住嘆了一口氣。

得知神經刀原來比自己大不了幾歲，而且只不過是一個重讀生，俞克強非常驚訝，想到自己方才居然還懷疑過神經刀會不會是職業殺手，未免也太可笑了！

剛出店門，手機又響了，俞克強趕緊掏出來一看，果然是媽媽打來的。

媽媽一開口就是埋怨：「怎麼剛才打你電話你不接？」

「不方便啦。」

「有什麼不方便？」

俞克強懶得說那麼多，乾脆胡謅道：「我在上廁所啦。」

「好吧，」媽媽總算不再糾纏，轉而繼續埋怨道：「今天一定要報名了，再不報名就報不上了，我問你，你到底去不去？」

俞克強一聽就有些不耐煩，「去哪裡？還是東南亞嗎？我不是都說過幾百萬遍了，東南亞我沒興趣啦，我不想去。」

「去去有什麼不好呢，總是多見一點世面嗎！」媽媽還是不死心，還在遊說。

「你帶妹妹去好啦，幹麼一定要帶我去，她一定會想去的。」

媽媽不高興了，「你這個小孩怎麼這樣，總是不知好歹，要帶你去你就去，會怎麼樣啊！」

俞克強還是說：「我不想去啦，拜託你就別問了好吧！很煩耶！」

「算了算了，我不問了，我等一下馬上就去報名，報名了你要反悔也沒辦法了。」

「放心吧，我不會反悔的啦。」

「好吧，」媽媽很是失望，「那我只好跟你爸一起去了。」

在掛上電話之前，媽媽再三交代兒子，不要跟妹妹說起有問過他要不要一起去東南亞玩的事。

媽媽說：「你妹妹那個小心眼，如果知道問了你而沒有問她，肯定會鬧脾氣的。」

俞克強怎麼也沒有想到，自己站在太陽宮網咖門口接聽電話的這一幕，竟然會被當時還待在店裡的神經刀都看在眼裡，而且還耿耿於懷。

過了兩天，當他在晚自習結束，再度去太陽宮網咖的時候，剛一落座，馬上就有一個人跟過來坐在他旁邊，而且還說了這麼一句：「老兄，你很不夠意思喔！」

一聽到這個鴨子叫的聲音，俞克強一開始只覺得有點兒熟悉，好像在哪兒聽過，但還不確定對方是在跟自己說話，本能的轉頭一看，這才發現原來還真的是在跟自己說話，而且他也立刻就認出來，說話的原來是那個嘴角有一條明顯傷疤的神經刀，神經刀的身上還是穿著同一套運動服。

神經刀瞪著他，凶巴巴的質問道：「你為什麼要騙我？」

「什麼？」俞克強感覺到神經刀來者不善，但為什麼會衝著自己來者不善，他又實在是一頭霧水，只能機械性的反問：「我騙你什麼了？我不懂。」

「哼，還不承認？就是前天啊，前天下午，我向你借手機，你明明有帶，可是卻騙我沒有帶！我看到你一出去就在打電話！」

俞克強想起來了，那天自己確實是說了謊，不禁有些尷尬，不過，他的反應很快，馬上就說：「抱歉，我那天打電動打糊塗了，我以為我沒帶，後來一出去，我媽正好打電話過來，我這才發現原來我有帶，不好意思！」

「真的？」神經刀挑高了眉頭，「你可別想騙老子啊！」

俞克強一聽，差點沒大笑出來；他本來就覺得這傢伙講起話來不大自然，尤其是在他知道了神經刀的年紀以後，就更加覺得神經刀挺做作的，在他話語中所有的江湖味似乎都是裝出來的。

不過，俞克強打定主意不要跟這種人打交道，因此也就沒必要跟他起什麼衝突，只要想辦法敷衍他兩句就得了，便回答道：「我說的都是真的，我當然沒有騙你。」

說完，俞克強便放好背包，準備開機。今天時間有限，他只打算打一場，也只能打一場。

其實，這天他原本連一場也沒打算要打的，因為前天下午才剛剛來玩過的呀！他可不是沒有分寸的人，只是因為這天是以前國中一個好朋友的生日，昨晚幾個老同學約好今天要一起打一下遊戲，以這樣的方式來為老朋友慶生，所以他才參加的。

不料，或許是俞克強方才在不經意間流露出了一絲嘲謔的神色，也或許是因為神經刀就是下定決心要黏著俞克強，要不然就是神經刀正好有一肚子的氣沒處發，居然就開始想要亂發脾氣，眼看俞克強沒有繼續和自己對話的意思，很不高興，頓時粗裡粗氣的小聲說道：「哼，我看你小子一定不知道老子是幹什麼的，居然敢對老子這麼不禮貌！告訴你吧，老子可是一個職業殺手！」

職業殺手？俞克強萬萬沒有想到這個名詞會如此輕易的從神經刀的嘴巴裡蹦出來，感覺很不真實。

他迅速瞄瞄附近，雖然都坐滿了人，但每個人都只盯著自己前方的螢幕，沒人在意周遭的事物，更沒有任何一個人聽到這裡有一個傢伙居然這麼大剌剌的在自稱職業殺手。

這不可能是真的吧？這傢伙才幾歲啊？

就在這時，俞克強突然想起兩天前不是曾經看到過神經刀跟人家在LINE時，曾經發過那麼奇怪的對話——

你先匯一半的訂金到我的帳戶，我就立刻動手。

動手？動什麼手？難道——他的意思真的是說要去幹掉某一個人？就像電影電視上演的那樣？

從神經刀的一臉怒容，俞克強知道神經刀此時真的是一肚子火，但是他又十分困惑，自己究竟做了什麼，至於神經刀要這樣衝著自己發火？

由於這一番指責來得實在是太過於突然，讓俞克強一時簡直不知道該做何反應，只能小心翼翼的應付道：「我沒有對你不禮貌啊！」

他不敢提什麼「職業殺手」，他想假裝沒聽到。

然而，神經刀自己偏偏還要提；他好像很喜歡這個詞，生怕別人沒聽到似的，一逮到機會就要提。神經刀站起來，上前一步，雖然他看上去挺瘦的，但是因為俞克強這個時候是坐著，更何況神經刀看起來是那麼的不友善，所以還是很快就感受到一股強烈的壓迫感。

「你好像不相信？」神經刀瞪著眼怒氣沖沖的說：「告訴你，老子已經接到訂單了！」

從神經刀開口閉口總是那麼用力的自稱「老子」，似乎是努力在製造江湖味的說話方式，以及神經刀所說的話，俞克強直覺認為這個傢伙百分之九十以上不可能是什麼職業殺手，很可能就只是一個二百五，但是，在他心裡，又不免還是有那麼將近百分之十的不確定，擔心萬一這個傢伙不是胡扯，萬一這個傢伙說的都是真的呢？再說，就算是一個二百五，也很需要小心啊，這些二百五做起事來都沒什麼分寸的，誰知道一個不高興會不會就莫名其妙做出什麼過激的事情來！

想到這裡，俞克強就想趕快脫身，匆匆說了一句「對不起」之後，就迅速站了起來。這時，他發現神經刀居然比自己要高出半個頭，真沒想到啊，之前他沒想到神經刀會比自己高那麼多。這麼一來，俞克強更加打定主意，絕不能夠吃眼前虧，還是趕緊走為上策比較好。

俞克強打算往後面兩排去尋找空位。

然而，出乎意料之外的是，俞克強才剛剛邁開步子走出沒兩步，衣領就被人給猛然一把扯住，隨即又聽到那個鴨子叫的聲音在一迭聲怒氣騰騰的嚷嚷著：「怎麼？嫌老子臭嗎？為什麼明明這裡有位子不坐？」

這——這到底是什麼跟什麼啊！

俞克強完全懵了。

幸好，這番比較大的動靜總算引起了旁人的注意，店裡很多顧客都紛紛側過臉來，就連老闆老梁也都發現而立刻趕了過來。

「幹什麼你！快放手！」老梁斥責道。

神經刀到也聽話，馬上就放了手，但似乎立刻又覺得自己的手放得太快了，有損威風，於是又朝著俞克強火速補上一句凶巴巴的「哼」。

「再胡鬧，你今天就給我回家去！」

老梁拉著臉怒喝道，但音量並不是很大，顯然還是非常克制，不想在店裡引起太大的騷動，也或許是想給外甥留一點顏面。

神經刀努努嘴，表現出一副很不屑的樣子，大有一種「好吧，既然有人罩你，那就算了罷」的意思，然後就不聲不響的坐回去開機，準備做自己的事了。

緊接著，老梁頻頻向俞克強道歉，並且親自把俞克強帶到另外一個位置去。

其實，被神經刀這麼一鬧，俞克強興致全無，都不想再留下來、都想要馬上回家去算了，但是，看在老梁道歉態度是那麼誠懇的分上，再加上想到好幾個老同學都還在等著自己一起打連線遊戲，不想失約，這才勉強留了下來。

遊戲開始以後，有好那麼一會兒，俞克強都沒辦法專心。一場下來，他打得很不順，一結束就跟老同學們說，家裡還有事，得先走了。

就在他剛剛一退出來，背後竟突如其來又傳來那討厭的鴨子叫的聲音：「啊，你為什麼不打了？我看你打得很好呀！」

俞克強嚇了一跳，回頭一看，哎呀，還果真是神經刀站在自己的身後。

他頓時不禁有一些緊張，這傢伙是什麼時候站在自己的背後啊？不過，再看看神經刀，又覺得神經刀現在的神態看起來似乎要正常很多，至少眼神沒那麼凶惡，甚至還有一些憨傻的感覺。

這傢伙怎麼突然又好像變成好人一個了？不會那麼可怕兮兮的挑釁了？俞克強一時回不過神來，事實上經過之前短暫的交流，他感覺和這個傢伙似乎完全搭不上線、也講不上話，因此就算神經刀現在看起來沒那麼惡意，俞克強還是不想多搭理他，便淡淡的說：「我得走了。」

「噯，老兄，剛才很失禮，你別介意啊，舅舅已經罵我了。」

謝天謝地，神經刀總算沒再自稱「老子」了，但是聽他叫「老兄」，俞克強還是覺得很彆扭。他看看神經刀，不知道該說什麼，只能又重複一次：「我家裡有事，真的得走了。」

「噯，老兄，我跟你老實說罷，其實我剛才是在練習，」神經刀笑笑，然後又自我解嘲似的說：「可能是我練習得太過火了一點，不好意思！」

俞克強一邊收拾東西，一邊咕噥道：「我不知道你在說什麼。」神經刀彷彿真的是少了一根筋、甚至是少了好幾根筋，完全覺察不到俞克強根本不想跟自己有什麼牽扯，還在一個勁兒自顧自的說：「我跟你說，我接了一個生意，要去嚇唬嚇唬一個人，所以我想在去之前應該先練習一下，就是這樣，不好意思啦！舅舅叫我過來跟你道歉，請你不要生氣！」

俞克強覺得這個傢伙簡直是奇怪透了；他不是比自己要大幾歲嗎？怎麼說起話來的感覺會這麼幼稚啊！

原本俞克強向來是很不喜歡多管閒事的，但是眼看這個傢伙滿嘴荒唐，還講得這麼一本正經，便忍不住多問了一句：「你說的是什麼生意啊？」

「就是有人雇我去教訓一個人啊。」

俞克強吃了一驚，這不是黑社會嗎？

「你以前幹過這種事嗎？」俞克強疑惑的問道。

「沒呀！」神經刀竟然如此老實的回答，隨即又說：「不過我想應該不難吧！電影電視我看過很多啊，遊戲我打得更多，應該都是差不多的，只要擺出凶巴巴的樣子就行了，剛才不是就把你老兄給唬住了嗎？嘿嘿！」

俞克強頓時覺得臉頰有些發燒，尷尬不已。

神經刀說到得意處，益發講得起勁起來，「不騙你，我發現在網上掙錢真的很容易，因為在網上什麼生意都有，就是說什麼都有人買，也什麼都有人賣，所以呢只要你願意賺就賺得到，我就是在隨便閒聊的時候接到這個生意的，那個人跟我說，想要找一個狠角色去教訓一個壞蛋，他說看我的名字感覺我很厲害，問我能不能接單，我想這個錢怎麼這麼好賺哇，當然就答應了。」

「可是——」俞克強猶豫了一會兒，「你這是犯法啊！」

「不會吧！」神經刀居然不服氣道：「我只是去嚇唬嚇唬，又沒打算要真的去砍他或是幹麼的，犯什麼法？那個人本來還說要跟我簽約，還說要我按手印，我也沒答應他呀！我又不是笨蛋，幹這種事怎麼能夠留下證據，你說是不是？嘿嘿！」

「我沒騙你，這真的是犯法的，」俞克強正色說道：「不信你去問你舅舅。」

俞克強的話還沒有說完，神經刀就急急忙忙的打斷道：「嗳嗳嗳，不能去問我舅舅，要不然他一定馬上就叫我回家！」

說著，神經刀一臉認真的看著俞克強，叮囑道：「你千萬不要跟我舅舅說啊！拜託了！」

儘管如此，稍後當俞克強要離開的時候，考慮再三，還是悄悄把老梁給約了出去。

頂著寒風，兩人神神祕祕的站在網咖旁邊的巷子裡，那是一個神經刀看不到的地方，然後俞克強把自己的擔憂告訴了老梁。

俞克強一直覺得老梁人滿好的，經常會提醒他們這些學生打電動不要打得太過火，不是那種只知道賺錢的無良老闆，再加上老梁上回送給俞克強那面「賀一百次超神」的小錦旗，俞克強十分喜歡，覺得是一個很不錯的紀念品，總之，俞克強不希望看到老梁惹上什麼麻煩。

俞克強首先問道：「你那個外甥是不是有一點怪怪的啊？」

「怎麼說？」

「我說了你不要介意，我覺得他這裡好像有一點問題，」俞克強指指腦袋，接著又強調一句：「好像有什麼地方斷線了。」

「怎麼了？他做了什麼？」

「目前他應該還只是說說而已，什麼都還沒做，但他打算要做的事可是很糟糕啊。」

看來老梁對於神經刀的荒唐一點也不知情，於是，俞克強便把自己知道的一切統統原原本本的說了出來。

老梁聽了，氣急敗壞，「啊！這個呆子！在胡說八道些什麼呀！真是氣死我了！我一定要叫他馬上回家！」

「等一下！」俞克強急著說：「你可不要說是我告訴你的啊！」

「當然、當然！」老梁再三保證，並一再跟俞克強道謝。

俞克強在臨走之前，想起一件事，又好奇的問道：「所以你外甥從來沒有混過黑社會，對吧？」

「當然！我姊姊、姊夫都是老實的鄉下人，這個小孩一直都在鄉下，哪裡知道什麼黑社會，頂多就是在電影上看過而已！」

「沒錯，他就是這麼說的，他說在電影電視上看過很多，還說遊戲也打了不少，想像中應該差不多！」

老梁一聽，哭笑不得，「唉，這個小孩怎麼好像愈來愈傻了，是整天死背活背念傻的嗎？他以前不會這樣啊！」

「如果他沒混過黑社會，那他嘴巴上那道疤是怎麼來的？老實說看起來有一點嚇人。」

「是前兩年騎車的時候不小心摔到的，當時他整個人都摔到一條大水溝裡頭去了。」

原來如此！

老梁又說：「其實我這個外甥從小學習一直很不錯的，這麼多年以來我姊姊和姊夫一心都指望他，沒想到去年學測前可能是太緊張了，在考前一個月一直在生病，在考前三天還一直在拉肚子，人瘦得不成個樣子，結果考得很不理想，後來他還自暴自棄的說既然考不好就出來打工算了，當時我們好說歹說才總算勸住他，讓他重讀，但是聽我姊姊說，開始重讀以後，他就開始有一點怪怪的了，最近還不肯念書了，然後我就把他接過來住住，讓他散散心，調節一下心情，本來打算等過年的時候再帶他一起回去的，現在或許我應該讓他先回去——」

「反正你別說是我告訴你的就是了。」俞克強還是有些怕怕。

那天之後，俞克強就沒有再去過老梁那裡，一方面是由於最近幾次考試都不大理想，老師已經找他談過話了，他自我檢討，感覺應該暫時告別遊戲，先趕緊把功課趕上來再說，其次，俞克強也相當擔心，不知道神經刀有沒有乖乖回家去？

他實在不想再碰到這個怪裡怪氣的傢伙。

「我還是別再去了，」俞克強暗暗發誓，「至少在成績拉回來以前，還有一定要確定那個神經病不在的時候再去。」

他不敢想像，萬一神經刀還在店裡，而且萬一神經刀知道自己曾經向老梁告密，他——會不會發神經跑來找自己報復啊？爸爸不是說過，現在的人都好奇怪，總是會為一些小事而不惜大動干戈犯上什麼大罪，結果害了別人不說，還賠上自己的大半生甚至是一輩子？俞克強心想，如果那個神經刀要糊里糊塗、浪費生命，那是他自己的事，他可管不著，同時他也不想管，可是他俞克強可不想陪著那個傢伙一起倒楣啊，他可是還有好多事想做的啊！

因此，在大年初四這天下午，俞克強按夏荷的建議在附近幾家網咖尋找妹妹，他找呀找呀，把能找的網咖都去了，唯獨老梁的「太陽宮網咖」，俞克強顧慮重重，始終沒有進去，連稍微靠近一下都沒有。

守株待兔

小俞、夏荷和杜麗三個女孩在窗前居高臨下盯著對街「太陽宮網咖」已經有好一陣子了，一開始她們還是站著，不久就紛紛拖了三把椅子過來坐著，又過了一會兒，杜麗說這樣太無聊了，跑下樓去拿了幾包零食上來，說要邊吃邊等。

杜麗對小俞說：「都已經快要五點啦，天都已經快要黑了，我看八成等不到了，你哥八成不會來了！」

小俞抱怨道：「哼，好沒感情喔！妹妹都離家出走了，教他來網咖找一找他都不肯來啊，太壞了！」

夏荷說：「也許他是去其他的網咖找。」

「不可能，」小俞一口否決，「如果我哥真的聽話來網咖找，肯定會來這一家的，那個什麼關於『超神』的小錦旗就是這家網咖送的啊，我也曾經在這裡看到過我哥，前幾天有一天晚上我經過這裡的時候，還看到我哥剛好和老闆一起出來，我叫他，他沒聽見，就看他跟老闆站在巷口講話講得好認真，他好像跟那個老闆很好的。哼，如果我哥沒來這裡，就表示他根本就沒來找我，好哇，我可是離家出走了耶，他居然還這麼鎮定，一點也不關心，太無情了！」

夏荷覺得小俞這番定論未免也下得太快了，便說：「我覺得也不能這麼說吧，也許——他是去別的地方找你了，我覺得他看起來不像是不關心，我看他的樣子真的挺著急的。」

「是嗎？他真的會很著急嗎？」小俞表示嚴重懷疑，「你說他到別的地方去找，可是他能去哪裡找呢？他又不認識我的同學，我們在這裡也沒親戚，再說他也知道我喜歡寫部落格，為了寫部落格，既然在家裡媽媽不准我上網，那我當然只好去網咖上，就像他在家裡不能打電動就只好去網咖打一樣，所以怎麼想他都應該先來網咖找找看呀！」

「我想起來了，」夏荷說：「下午的時候你哥有注意到你更新了部落格。」

「對了，我一直想知道——」杜麗往嘴裡送進一片山渣片以後，好奇的問小俞：「你怎麼會那麼喜歡弄那個什麼部落格啊？又沒有錢，有什麼好玩啊？」

小俞拍了杜麗一下，「你喔，很多事情就算沒錢也很好玩的，你不懂啦！」

杜麗聳聳肩，「是啊，我是不懂，太深啦！」

小俞轉頭看看夏荷，「既然你說他會看我的部落格，那我要不要再試試看？」

「什麼意思？」夏荷不明白。

「我現在再來更新一下我的部落格，如果我哥注意到了，也許就會認真一點來網咖找，如果要到網咖找，他首先一定第一家就是來這裡，他跟這家的老闆很熟呀。」

總之，小俞就是希望把哥哥「催」到對街那家太陽宮網咖，好順利補拍一張哥哥進網咖的照片！

於此同時，抱著一線希望回家卻仍然沒看到妹妹的俞克強，也忽然興起一個念頭，覺得也許應該再去看看妹妹的部落格，看看有沒有什麼新的動靜。

他趕緊掏出手機，找到了妹妹的部落格，看了一會兒，發現還是停留在下午看到的那一篇，當時他還給妹妹的同學夏荷看過，夏荷說那只是一篇普通的作業，俞克強仔細回想一下夏荷當時的表情，感覺夏荷應該並沒有騙他，但是——

俞克強突然想起下午當夏荷在研究那三篇古怪的「豆腐乾」時，曾經露出過一絲詭異的笑容，是夾雜著有些得意和默契的那種笑容，當時俞克強的直覺是夏荷看出了「豆腐乾」裡頭所隱藏的訊息，可是一問之下，夏荷居然不承認，硬是說她什麼也沒有看出來，感覺好奇怪的——對，這個女生一定是在騙他。俞克強愈是回想當時閃過夏荷臉上那份神祕的笑容，就愈能肯定夏荷絕對是在騙他，她一定是看出了什麼，卻不肯告訴他，真是太可惡了！

俞克強還忿忿不平的想著，真看不出來啊，夏荷那個女孩子看起來挺清秀的，而且也是一副好孩子、好學生的樣子，居然會騙人？這是什麼世界啊！

不過，俞克強隨即又想到，像妹妹那樣總是喜歡宅在家裡，平常也不大吭氣的人，如今居然會離家出走，這也真是完完全全教人想不到啊！

俞克強愈想就愈是有一種很不真實的感覺，想想他們一家四口這麼多年以來一直同住在一個屋簷下，但彼此之間究竟有多少了解啊？爸爸媽媽經常吵架，但說真的他實在沒什麼興趣再去研究他們到底為什麼老是吵架，以前他也想要研究、也想要弄明白為什麼他們老是吵架，但是後來隨著年紀慢慢長大就逐漸放棄了，他的結論是大概大人總是這樣的，總是吃飽了沒事做，就喜歡吵吵鬧鬧，要不然就是大人普遍的克制力都太差了，總是一有什麼不順心就喜歡朝著別人胡亂發洩一下。反正呢，他是早就下定決心，絕對絕對不要讓爸爸媽媽影響到自己，他要努力過好自己的小日子，還要努力學習，等他考上了好大學就可以堂堂正正的離開家裡、脫離爸爸媽媽的視線、大搖大擺的去外地了！到那個時候，就算他們要鬧離婚什麼的也不關他的事了！不像現在，有時候爸爸媽媽吵得凶了，俞克強真的會有些擔心，害怕萬一他們真的離婚，那他的生活就會大大的受到影響，搞不好就上不了大學了！這就太倒楣了！

總之，儘管俞克強會在私底下跑到網咖去打電動，但是在爸爸媽媽的心目中，他一直是一個超級省心的小孩，總是非常懂事能夠自發自動的好好學習，成績也一直不錯。

俞克強心想，說起來，全家唯一知道自己會去網咖的只有妹妹……

妹妹真的很夠意思，那次被妹妹無意中看到那面關於「一百次超神」的小錦旗時，他還挺緊張的，唯恐妹妹會跑去告密，結果妹妹什麼也沒有說，就連前幾天在除夕夜那天晚上，當自己說溜嘴被妹妹發現原來媽媽曾經打算要帶自己去玩，卻從來沒有想過要帶她去，並且還指責妹妹老是上網的時候，俞克強看得出來當時妹妹真的很生氣，可就算是那樣，對於自己平常其實也會去網咖、同時次數還不見得比妹妹少的事，妹妹還是咬緊牙關什麼也沒有說。

想著想著，俞克強的心裡不免很是慚愧，哎！那天晚上，當妹妹在挨罵的時候，自己當時真該幫妹妹說幾句話的啊，但是——該怎麼說呢？也許是因為這幾年來他已逐漸的習慣了當家裡氣氛不好的時候，要盡量保持距離，遠離戰火，反正做小孩的總是很難去影響和改變大人的想法，只能自己想辦法找出生存之道，他一直相信妹妹一定也有自己的辦法，她不是老在弄部落格嗎？這就是一個證明啊，還有，妹妹居然還會和同學合寫一些童話故事，不難想見妹妹一定很看重這些故事，才會教他把紀錄著那些故事的本子轉交給夏荷。坦白說，俞克強大致翻過那些故事，覺得很破，邏輯根本不通，有一搭沒一搭的，不過俞克強記得語文老師曾經說過，塗塗寫寫對於處理負面的情緒很有幫助，故事寫得好不好不是很要緊，畢竟她們只是學生，又不是職業作家。

所以，俞克強就不懂了，對於生活、對於生存之道，照說妹妹應該也很有自己的一套，就算媽媽向來確實是有一點重男輕女，但是妹妹應該也早就習慣了呀，真想不懂怎麼會在那天晚上突然來上這麼一個大爆發，一知道媽媽曾經打算要帶自己一起出去玩卻沒打算要帶她去就這麼崩潰，以至於居然就離家出走了呢！

妹妹究竟去了哪裡？

她真的只是單純的為了生媽媽的氣而這麼做的嗎？

這些疑惑盤據著俞克強的內心，壓得他有點兒喘不過氣來。

這時，俞克強看到放在桌上的那本密碼日記，他走上前，又開始翻了起來，而且很快的又把注意力集中在最後那三篇「豆腐乾」上。

毫無疑問，除夕夜那天晚上是一個關鍵點，如果說妹妹心裡一直是有著許多的不滿，那麼得知媽媽連問都沒問她，想不想一起去東南亞玩這個事，似乎是一個導火線，把之前妹妹不大提及的諸多不滿全部都在瞬間引爆，更何況妹妹最後寫的那三篇「豆腐乾」和前面那些破故事是那麼的不同，夏荷在研究這三篇「豆腐乾」時又顯然對自己有所隱瞞……

我一定要把這三篇東西好好的再看一下，俞克強心想，然後說做就做，立刻從第一篇開始，從頭來過，仔細琢磨，希望能找到有關妹妹的訊息。

「夏山洋皮紙墓園煉金術……」他一個字一個字慢慢的念著，生怕錯過了什麼重要的線索。

突然，俞克強停了下來，把其中一個句子又念了第二遍、甚至是第三遍。

這個句子是這樣的：

詩篇小精靈忘我流浪狗

奇怪，下午第一次讀過去的時候，俞克強並沒有什麼特別的感覺，但是現在……他突然覺得這個句子似乎有一點特別的含意。

俞克強想起，妹妹在兩三歲的時候曾經非常認真的立志要做「小精靈」，每當有人問她「長大以後你要做什麼呀」，妹妹總是很神氣的大聲說：「我要做小精靈！」

妹妹這番回答總是惹得很多大人開懷大笑，想想妹妹小時候真的好可愛啊。

等到妹妹上了小學以後，大約是從小二開始，她終於不想做小精靈了，而開始想當作家，尤其是想當詩人，想來這都是因為奶奶為妹妹開了一個部落格，然後經常把妹妹那些作品，包括一些在俞克強看來根本不能叫做是詩的詩，以及一些小短文，興高采烈的放在部落格上。那個部落格最初主要是奶奶的心血，等到前兩年奶奶過世以後，妹妹就開始獨自打理起部落格，弄得非常認真。

有一次，在一個周日，爸爸媽媽都不在家，他們兄妹倆又都剛剛考完試，難得獲得媽媽恩准可以上網，他自然是把握機會，約了幾個好朋友一起打連線遊戲，當他中場休息去餐廳倒水的時候，經過妹妹的房間，看到妹妹正在發文，打字打得非常專注，他叫了兩聲妹妹都沒反應，直到他走到妹妹身旁，說了一句「這麼忘我啊」，妹妹才彷彿突然清醒了過來，不好意思的朝他笑笑。

說起來，從小到大，不管他怎麼捉弄妹妹，或是怎麼樣的嫌她麻煩，說她是一個跟屁蟲——不管他表現得多麼惡劣，妹妹似乎都不會介意，似乎總是只記得自己偶爾表現出的好哥哥的形象，比方說過馬路的時候會拉她一下之類，其實就連這樣的事情，老實說他做得也不多，而且印象中自從他上了國中以後，就沒再怎麼多跟妹妹講話了。

哎，從小到大，妹妹對自己一直挺包容的，或者——俞克強有些不安的想著，會不會是媽媽重男輕女確實也太明顯了，很多事情妹妹都不得不配合自己？

比方說，妹妹在小四那年，曾經撿過一隻流浪狗回來，苦苦哀求媽媽讓她養，再三保證自己一定會負起照顧狗狗的全責，那一次，媽媽大概是心情特別好，非常難得的善心大發，差一點就要答應妹妹的請求，然而沒過多久等自己放學回來一看到那隻流浪狗，馬上皺著眉頭大聲嫌棄，結果媽媽立刻就改變了主意，堅決拒絕把那隻流浪狗留下來，當時妹妹真的傷心死了。

不知道那隻流浪狗後來怎麼樣了？

「詩篇、小精靈、忘我、流浪狗……」俞克強默默的把這幾個詞又念了一遍。

他怎麼覺得這些詞彙裡滿是妹妹的——傷痛啊？就算不說「傷痛」這麼嚴重的詞吧，至少也都是一些讓妹妹心中抱憾的事，這到底是怎麼回事？

也就在這個時候，俞克強好像這才突然發現對妹妹挺虧欠的，頓時湧起一種歉疚……

或許很多事情就是這樣，每天看著看著就習以為常了，而且還會理所當然的以為永遠都會是那麼的一成不變，不可能會有什麼變化，就好像妹妹就是妹妹，就算他平常不怎麼關心妹妹，她也始終會在那裡，俞克強真是作夢也想不到，妹妹居然會做出離家出走這麼激烈的事！這實在不像是妹妹會做的事啊！

妹妹一向是一個溫暖的小孩。自從奶奶過世以後，他知道妹妹其實是藉著打理部落格來懷念奶奶，畢竟那是屬於她們嬤孫倆的部落格，一開始就是奶奶為妹妹開的，部落格裡頭一定充滿了太多她們共同的回憶，這些他都知道，可是每當媽媽責怪妹妹花太多時間在部落格上面的時候，俞克強卻都沒有為妹妹說上幾句好話，其實到也不是他不想聲援妹妹，只是他總想反正說了媽媽也不會理解，更不會接受，那麼說了又有什麼用，搞不好反而還會讓媽媽突然就把矛頭轉向自己，所以就懶得多說了。儘管媽媽向來比較偏愛自己，這個俞克強自己也很清楚，但每當媽媽發起火來的時候，往往也不太煞得住車，幾乎是見誰就罵誰的。

俞克強愈想就愈覺得，自己以往似乎實在是太自私了，其實很多時候他真應該幫妹妹說幾句話的，他畢竟是哥哥，比妹妹大上幾歲，實在不該就那麼撇下妹妹，讓妹妹總是自己一個人去「求生」。

這不，妹妹終於爆炸了，崩潰了，居然拿離家出走來表示抗議了！

俞克強不禁心想，如果平時自己對妹妹的關心多一點，在過好自己小日子的同時也能勉勵一下妹妹，讓妹妹感覺到至少家裡還有一個比較了解她的人，而且也要讓妹妹明白，他並不贊成媽媽的許多做法，尤其是不贊成媽媽那麼的重男輕女，只不過媽媽的腦子已經像水泥一樣的堅固了，簡直比奶奶還要古板，奶奶還在世的時候都不曾像媽媽那樣的封建，在俞克強的心裡，媽媽是屬於那種無可救藥的大人，無論勸她什麼都不會有效果的，所以他才會經常連開口勸一下都很懶，他總是這麼想，媽媽就是媽媽，媽媽有她的局限，這也不是什麼多大的罪過，反正等他們考上大學以後就可以遠走高飛，又不會跟媽媽永遠在一起生活一輩子，妹妹又不笨，應該也很明白這一點的——

就在俞克強這麼東想西想的時候，突然發現妹妹的部落格有了動靜，妹妹更新了部落格！

看起來是一篇作文，題目叫做〈我夢想中的家〉：

我夢想中的家，一定要有奶奶，奶奶是最疼我的人，奶奶過世以後，我很傷心，這幾年我更是過得很壓抑。

爸爸媽媽和哥哥都很忙，沒人有空來關心我，我只有依靠好朋友，不過，我也不大喜歡交朋友，所以我的好朋友並不多……

看著看著，俞克強突然想到——糟糕，妹妹該不會是在網上認識了什麼莫名其妙的壞蛋吧！

他想起曾經看過一些社會新聞，有一些不懂事的小女生，離家出走居然是為了要去會網友，天啊！妹妹該不會也這麼糊塗、該不會也被人騙了吧！

怎麼辦？既然妹妹更新了部落格，就表示她還待在某一個室內，很可能正坐在某一臺電腦前面，妹妹現在到底會在哪裡呢？會在同學家還是在網咖？

一想到網咖，俞克強就立刻想到真該去「太陽宮網咖」找找看的，有時妹妹也會去那裡的。

想到這裡，俞克強馬上起身，抓起圍巾，再度匆匆出門。

當小俞在發那篇〈我夢想中的家〉時，夏荷就坐在小俞的身邊。杜麗則幫忙在窗前繼續盯梢，密切留意小俞的哥哥會不會出現。

以往小俞的部落格都是放一些作業，很少有像〈我夢想中的家〉這樣即興式的作品，讀到「爸爸媽媽和哥哥都很忙，沒人有空來關心我，我只有依靠好朋友」這一句時，夏荷知道小俞指的好朋友當然就是自己和杜麗，不過，這個時候夏荷在拍拍小俞表示慰藉之餘，也忍不住說：「我覺得杜麗真的是一個損友耶，好朋友哪裡會慫恿人家離家出走的？」

杜麗聽見了，馬上轉過頭來抗議道：「哎，我是幫小俞出出氣呀！再說，小俞又沒有真的離家出走，又沒有什麼危險。」

「可是，這樣會讓她的哥哥很擔心啊。」

想到俞克強那副著急的模樣，夏荷就覺得於心不忍。

小俞似乎也開始動搖了，看著夏荷問道：「你覺得我哥真的很擔心啊？」

「當然是真的，」夏荷說：「就算是開玩笑也該有個度，大冷天的教他出去亂找，我覺得實在是有一點太過分了，我都有點後悔聽你的話告訴他，教他去網咖找你。」

杜麗說：「可是他到底有沒有出來找，我們也不知道啊！搞不好他教你幫忙去同學家找以後，他自己就一個人舒舒服服的坐在家裡等呢！」

「會嗎？」夏荷的語氣不大確定。

她仔細回想，下午當她暗中破解了小俞留在三塊「豆腐乾」裡頭的訊息以後，就匆匆忙忙的離開小俞家，然後直奔杜麗這兒，連她們那本寶貝交換日記都沒來得及拿走，確實是不知道俞克強後來有沒有按照指令也出門去網咖裡找，可是，夏荷覺得俞克強應該是會出去找的，她記得當自己提議分工合作，教他去網咖找，而她則去同學家找的時候，俞克強當時可是熱烈響應的啊。

杜麗還是一個勁兒的唱反調，「小俞不是一直說她哥哥跟這家網咖老闆很熟的嗎？如果他真的肯到網咖來找，怎麼會不來這一家呢？這不符合常情呀！」

「不管怎麼說，我都覺得該適可而止了，離家出走不是好玩的，這個玩笑實在是開得有一點太大了。」夏荷勸道。

夏荷真心希望這個事情能夠趕快落幕，這是因為她感覺自己糊里糊塗就成為「幫凶」，參加了這場「惡整俞克強」的戲碼，心裡很是不安。

杜麗說：「哎，這樣就放棄，太沒意思了啦！」

夏荷說：「總要放棄的，要是她哥哥始終找不到小俞，難道小俞就要一直躲在這裡？別忘了下午她哥哥急得都差一點要去報警了！」

「真的？你是說真的？」小俞顯然也嚇了一跳，「我哥真的有說想要去報警？」

其實這個事在夏荷剛找到小俞的時候就提過，只是當時小俞沒在意。

「是啊，當時我是趕快勸他，說你才不見了頂多幾個小時而已，就算去報警，警察恐怕也不一定會管，還是我們自己先找找看比較好！」

「那他有聽你的話吧？」小俞問。

「我覺得有啊，」夏荷說：「你想啊，如果你哥真的跑去報警，那可就糟糕了！到時候我們都會有大麻煩的！謊報好像是犯法的，我在電視上有看到過。」

「真的啊？」杜麗看起來也有一點害怕了，轉頭看看小俞，「你說呢？怎麼辦？還要不要盯下去啊？」

小俞用徵詢的眼光看著夏荷，「要不然——我們打電話到家裡看看？」

小俞的想法是，打個電話看看哥哥在不在家，如果哥哥真的在家，那——唉，那就表示自己演出的這一齣「離家出走」實在是大失敗，根本就沒嚇到哥哥，哥哥果真就那麼老神在在的坐在家裡等著夏荷的消息啊，那——那就算了吧，還是跟哥哥老實交代，下臺一鞠躬算了。

「也好，」夏荷瞬間就有了一個主意，連忙說：「我來打。」

夏荷的想法是，只要電話接通了，她就直接了當的告訴俞克強，說小俞在同學家，一切平安。

然而，電話響了十幾聲，沒人接聽。

「你哥不在家。」夏荷說。

小俞一聽，臉上反而一陣喜悅，「這個意思是說他出來找我了？」

夏荷說：「我打他手機吧，幾號？」

「嗳嗳嗳，不能打！」杜麗阻止道：「這樣會露餡的，你又不知道小俞哥哥的手機號。」

「哎呀，現在還管什麼露餡不露餡啊！」夏荷說，隨即又轉過臉來對著小俞好言相勸道：「我看真的不能再鬧了，你爸媽不是明天就要回來了嗎？你能躲到什麼時候啊？你想想，就算你哥憋到明天，明天等你爸媽回來以後，知道你不見了也一定會報警的，到那個時候我們就完了！」

小俞看看時鐘，還差五分鐘就五點了。

她朝對街那家太陽宮網咖又看了一眼，「要不——我看就再等五分鐘吧？如果到五點還沒看到我哥過來就算了。」

見小俞總算聽勸，不再堅持非要把那齣唱不下去的鬧劇死命的硬唱到底，夏荷真是由衷的鬆了一口氣，心想，馬上就五點了，也不差這五分鐘，便趕緊表示支持，「好吧，就等到五點。」

小俞懊惱著說：「那接下來怎麼辦呢？我就這麼的自己回去嗎？一定會被我哥笑死的！」

「不會啦！」夏荷安慰道：「我看你哥真的很關心你的，你媽媽重男輕女又不是他的錯。」

俞媽媽的重男輕女一直是小俞很大的心結，令小俞很不開心。小俞常說，媽媽的重男輕女從替他們取名字的時候就開始了；因為很多人家在替小孩取名字的時候，都會用到同樣一個字，比方說，哥哥叫「俞克強」，她也應該叫做「俞克什麼」，這樣才像兄妹，可是媽媽卻替她取了「夢嬌」。對於這個抱怨，夏荷到是多次勸過小俞，覺得也不能這麼說，畢竟如果要用「克」這個字來替一個女生取名字實在是很不好取，夏荷還曾經開玩笑的對小俞說：「總不能叫你『俞克難』吧！」

小俞不能贊同，仍然頗為不滿的表示：「既然不好取，那他們最初幹麼要用『克』這個字來替哥哥取名字呢？」

「你沒問過嗎？」夏荷問。

「當然問過啊，他們說就是隨便取的，也不是按照什麼族譜，不過，如果是按照族譜，那我就更不可能叫做『克什麼』了，聽說在族譜裡女兒是不能跟兒子一樣用同一個字來排行的，哼，真是封建！」

這會兒，當夏荷正在為俞克強說情，說俞媽媽的重男輕女或許也並不是俞克強所樂見的時候，小俞還是悶悶不樂的說：「可是有的時候他總是可以幫幫我的呀！」

「也許他自己也有很多事，分身乏術吧，而且我問過我媽媽，我媽媽說，你媽媽的重男輕女應該還不算很嚴重。」

「為什麼？」小俞很不服氣。

「我媽媽說，如果真的是那種很嚴重、很嚴重的重男輕女的家庭，你哪裡還會抱怨，應該連你自己都會覺得重男輕女是很正常才對。」

「啊！來了！來了！」

夏荷的話還沒有說完，突然就被杜麗給打斷了。

杜麗興奮地說：「快看快看！真的來了！總算來了！等得我們好苦啊，零食都不知道吃了多少！趕快趕快！趕快準備照相！」

俞克強快步走到太陽宮網咖，心想一會兒進去就算找不到妹妹，至少還可以問問老梁有沒有看妹妹來過；老梁是看過妹妹的，如果妹妹來過，而且老梁也注意到的話一定會有印象，不像之前他去找過的附近其他那幾家網咖，儘管也試著問過老闆或是服務員有沒有看到妹妹來過，但是描述了半天，什麼「不是很高，也不是很矮，不是很胖，也不是很瘦，不是很漂亮，但也不算難看，頭髮短短的，戴個眼鏡……」，無論俞克強是多麼費勁的形容了一大堆，人家都說像這樣的女生，一點特徵也沒有，就算來過怎麼可能會有印象，令俞克強實在是好無奈！

在即將推門進去之前，俞克強還是不自覺的停下腳步，身子往旁邊挪了一下，還伸長脖子透過窗子往店裡頭張望了一番，但是因為這個時候天色已經暗了，他張望了一會兒，什麼也看不清，只得放棄，決定還是直接先進去再說罷。

然而，就在他的手已經觸到大門的門把時，一個極不友善的聲音突然在他背後活像響雷般的炸開：「好哇，老子終於等到你了！」

糟了，是那個難聽的鴨子叫！還有那聲彆扭的「老子」！

直覺告訴俞克強，麻煩來了！

「鎮定，鎮定！一定要鎮定！」儘管腦子很亂，心裡也直打鼓，但俞克強還是暗暗的告訴自己，有道是「是福不是禍，是禍躲不過」，唉，事到如今，除了硬著頭皮來面對之外，也沒有別的辦法了。

於是，俞克強悄悄做了一個深呼吸，然後泰然自若的轉過身來——

果然，眼前就是那個一臉邋遢、一身邋遢、渾身都邋遢的神經刀，正怒氣沖沖的瞪著俞克強，並且凶巴巴的喝問道：「你為什麼要跟我舅舅亂說！」

「亂說什麼？」俞克強決意裝傻。

神經刀看起來非常火大，瞪得眼珠子都快爆出來了，歇斯底里般叫囂著大嚷：「說我那個啊！」

一聽他這麼說，俞克強真的差一點都要笑出來了，也就是在這個時候，幾秒鐘之前還那麼真實存在過的那份恐懼竟立即迅速消散；現在他不怎麼怕神經刀了，他認定這個傢伙只不過是一個紙老虎。

接下來，他強抑住滿腔的笑意，他可不想刺激這個傢伙，因此繼續裝傻，擺出一副無辜的樣子，冷靜的問道：「等一下，你說的『那個』到底是哪個啊？我不懂，真的不懂。」

嘿，「裝傻」這一招還真有效，一聽俞克強這麼說，神經刀頓時不再那麼張牙舞爪了，而是眨巴眨巴著眼睛看著俞克強，眼裡寫滿了困惑，只見他的嘴巴動了幾下，才勉強開口懷疑的問：「你沒有跟我舅舅說——說我在網上做生意？」

「做什麼生意？」俞克強說得自然極了。

「做……」神經刀只說了一個字就說不下去了，或者是說不出口，頓了半晌，納悶的說：「奇怪，那我舅舅怎麼會知道，還一直要趕我回家？我明明記得只跟你一個人說過啊？」

這時，俞克強已經很有把握可以脫險了，若無其事的說：「對不起，我真的不記得你跟我說過什麼，會不會是你記錯了？」

「是嗎？我記錯了？」神經刀呆呆的重複著，完全被俞克強給唬住了。

俞克強彬彬有禮的說：「沒事的話，我要進去了，我找你舅舅還有一點急事。」

說完，俞克強欠了一下身，就轉身伸手要去拉門。

沒想到，就在他的手再度快要觸到大門門把的時候，那特殊的鴨子叫，竟然也再度在他身後大聲的響了起來。

「別走！你想要老子啊，沒這麼容易！」

後來，過了好久，每當俞克強想起這一幕時，經常都會有一種打從心底冒出冷汗的感覺，他想，所謂的「後怕」，指的大概就是這種感覺。

想想看，當時自己可是背對著神經刀，冬天的傍晚又幾乎已經暗下來了，更何況從神經刀喊住他開始，他一直是小心翼翼的在應付，總之，在跟神經刀對話的那一會兒，俞克強是始終注視著神經刀的眼睛，他記得曾經聽一個老師說過，說話的時候注視著對方的眼睛，最能表現出一種難得的誠懇，當俞克強被神經刀堵在太陽宮網咖的門口時，俞克強就是希望能夠用自己的誠懇來打動神經刀，因此，他根本沒去注意神經刀的口袋裡有沒有藏著什麼危險的東西，譬如一把鋒利的匕首……

如果當時神經刀的手裡有一把類似像匕首、剪刀之類的東西，搞不好俞克強就完了！所有的計畫、所有的夢想都將因此莫名其妙的隨風而逝。

想想這該有多麼的冤枉啊！

幸好，當時神經刀的手裡並沒有這些。

不過，再怎麼說他至少還有拳頭，所以也夠俞克強受的了。

當俞克強以為已經跟神經刀「解釋」清楚，能夠全身而退的時候，情勢突然急轉而下。

就在他的手再度快要觸到大門門把的時候，隨著那聲「別走！你想

耍老子啊，沒這麼容易！」的爆喝，俞克強還來不及想什麼、更別說還想要做任何反應，腦袋就突然一陣劇痛！

他痛得都站不住了，身子不知不覺就軟了下去。這時，他意識到——自己挨打了！

就在這一瞬間，神經刀的第二拳已經又重重的打在俞克強的腦袋上，用力之猛，把俞克強的眼鏡都打飛了！

「不行！我不能這樣挨打，我得反擊！」俞克強心慌意亂的想著，掙扎著站穩身子，想要抵抗，畢竟面臨惡人的攻擊時，最好的保護之道就是反擊，絕不能乖乖挨打！

然而——該怎麼說呢？恐怕只能說真的是「知易行難」吧！儘管俞克強想要抵擋、想要反擊，但是發動攻擊的神經刀已經火力全開，停不下來，完全站在了上風！

很快的，俞克強支持不住，一個踉蹌跌坐在地上，神經刀竟一步上前順勢就踢了重重的一腳！

看到對手倒地，神經刀暫停片刻，握緊拳頭，喘著粗氣，怒視著俞克強大罵道：「看你以後還敢不敢騙老子！」

這時，俞克強真的以為自己死定了，萬幸的是緊要關頭就在神經刀怒氣沖天正準備發動第二輪的攻擊時，太陽宮網咖的大門開了，緊接著老梁就急急忙忙的跑了出來，大聲制止道：「住手！你幹什麼啊！」

神經刀很聽話，立刻停下來，然後像個沒事人似的回答道：「我沒幹麼呀！」

抱著腦袋的俞克強，抬起頭來張大了嘴巴看著神經刀，簡直不敢相信，天啊，看這傢伙一臉無邪的樣子，換臉比翻書還快，怎麼會這樣啊！

但是，他又能說什麼呢？俞克強不可能不想到，自己剛才不是也同樣的在睜眼說瞎話嗎？

老梁上前扶起俞克強，一迭聲不住的道歉，並且關切的問道：「有沒有怎麼樣？」

令人啼笑皆非的是，神經刀居然還是說：「不關我的事啊，是他自己跌倒的……」

說著，神經刀還惡狠狠的瞪著俞克強，俞克強的心裡很明白，這是教他不要多說的意思，如果他說了方才挨打的情況，神經刀肯定不會放過他，一定還會在私下找機會報復。

可是，怎麼能就這樣算了呢？

俞克強的心裡很複雜，他當然不願意承認剛才什麼事也沒有，是自己白痴莫名其妙摔成這樣，但另一方面，經過剛才這番暴力對待，要說他心裡沒有顧忌是不可能的，他不得不想，要是自己現在不附和神經刀那誇張離譜的說詞，可能將會有怎樣嚴重的後果。

就在這個時候，身旁忽然響起一個熟悉的聲音。

「哥！你怎麼樣啊？你還好嗎？」

啊！俞克強一轉頭——是妹妹啊！是他苦苦尋找了幾個小時的妹妹，此時已一臉焦急的衝到他的身邊，扶住他。

還有兩個女生也跟妹妹在一起，其中一個就是下午來過家裡的夏荷。三個女生的臉上都是一副既憤怒又著急的表情，顯然都看到了剛才發生的事。

俞克強看著夏荷，感激涕零，一個勁兒的對夏荷說：「謝謝你，謝謝你！你真的把我妹妹給找到了！」

在這個時刻，俞克強真的覺得，無端挨打什麼的這一切亂七八糟的倒楣事都不重要了，重要的是妹妹找回來了！

他真是太高興、太欣慰了啊！

小俞呢，在上前匆匆察看過哥哥以後，非常生氣的衝著神經刀說：「喂！你這個人怎麼這樣啊！幹麼隨便打人啊！」

「我哪有。」神經刀耍起了無賴。

小俞更怒，「還說沒有！我剛才都拍下來了！」

神經刀嘻皮笑臉，「怎麼可能！」

「你不信？好，我給老闆看。」

小俞不知道老闆老梁是神經刀的舅舅，她只知道手機當然不能給這個壞蛋看，要不然被他搶去怎麼辦！當然要給公正的第三方看！

手機裡果然有兩、三張神經刀動粗的照片。小俞只拍了兩、三張，因為，看到哥哥挨打，她怎麼坐得住？馬上飛奔下樓，再橫穿馬路衝到對街來！

雖然只有兩、三張，卻也是鐵證，神經刀一看，立刻就呆掉了！

他簡直不敢置信，疑惑萬分的想著，這是怎麼回事啊！自己難得做一次壞事，居然就被拍了下來，怎麼會這麼巧、這麼準啊！莫非——

他不由得想到，自從自己不大願意念書以後，媽媽去附近山上一家小廟燒了無數次的香，總說兒子迷路了，懇請神明保佑，難道——這會是老天爺在告訴自己，別作夢了，別再想混什麼黑社會了，還是老老實實的回頭念書才是正經！

神經刀愣愣的看著小俞，覺得這個女生實在是出現得太神了，簡直就是從天而降。

小俞面對神經刀，毫不懼怕，還義正辭嚴的對神經刀說：「你不趕快跟我哥道歉，我就報警！」

意外的收穫

第二天，大年初五的下午，俞氏夫婦從東南亞高高興興的回來了。他們發現，離家幾天，家裡一切如常，就是兒子說前一天在下樓梯的時候不小心一腳踩空，摔了一大跤，摔得好慘，鼻青臉腫的。

俞太太心疼得要命，忍不住怪罪道：「你這個孩子，怎麼愈活愈回去了，都這麼大的人了，下個樓梯還會摔跤！」

俞先生比較平靜，只說：「不小心的，也是難免，骨頭沒事就好了。」

俞克強則說：「沒事沒事，昨天幸好夢嬌及時發現，扶我上來，還像一個小護士一樣的照顧我哩。」

俞先生笑笑，「我們夢嬌很厲害唷。」

小俞問道：「怎麼樣？好不好玩？」

媽媽馬上說：「好玩呀！」

看媽媽一臉容光煥發的樣子，小俞相信媽媽說好玩是真心的，不由得想到：「幸好我沒去，爸媽真該兩個人經常單獨出去玩一下。」

只要爸爸媽媽相處和諧，不吵架，就算媽媽重男輕女，小俞覺得也就算了吧，別太計較了，至少哥哥不這麼想就很好了。

媽媽又問：「你們兄妹倆這幾天過得還好吧？」

「很好啊！」俞克強不假思索就立刻應道，一邊說，一邊還朝妹妹

看看。

對俞克強來說，前一天傍晚在太陽宮網咖，當自己陷入那樣一個危險的境地時，妹妹為什麼會那麼神的突然出現，而且居然還手握神經刀攻擊自己時的證據，並以此喝退神經刀，還逼迫神經刀向自己道歉，這簡直就是一個不可思議的謎；不管他怎麼問，妹妹就是笑而不答，不肯告訴他。後來俞克強只得這麼想，也難怪，會跟朋友寫什麼密碼的人，口風當然是很緊的。

不過，不管怎麼樣，經過昨天這一場風波，他們兄妹倆似乎又重拾了兒時曾經有過的親密，這可真是一個意想不到的收穫哪。

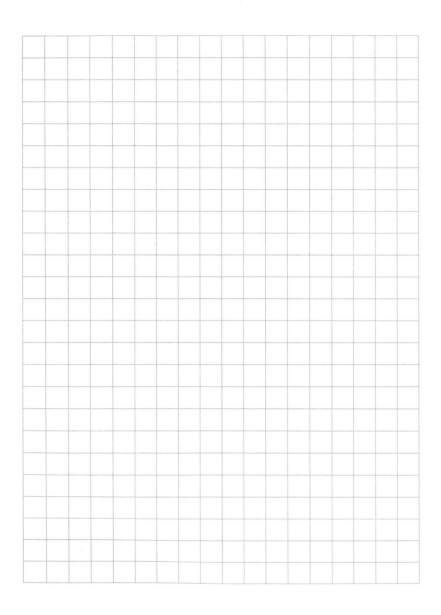

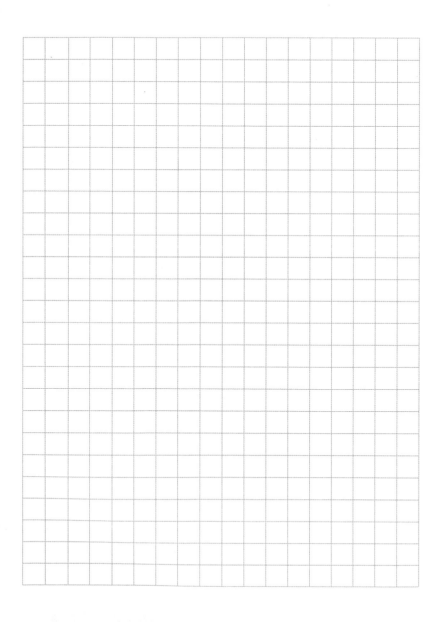

國家圖書館出版品預行編目資料

密碼日記／管家琪文；詹廸薾圖. －初版 . --
臺北市：幼獅, 2018.6
面； 公分. --（小說館；25）

ISBN 978-986-449-114-8（平裝）

859.6　　107005732

小說館025
密碼日記

作　　者＝管家琪
繪　　者＝詹廸薾
出 版 者＝幼獅文化事業股份有限公司
發 行 人＝李鍾桂
總 經 理＝王華金
總 編 輯＝劉淑華
副總編輯＝林碧琪
主　　編＝林泊瑜
編　　輯＝周雅娣
美術編輯＝李祥銘
總 公 司＝10045臺北市重慶南路1段66-1號3樓
電　　話＝(02)2311-2832
傳　　真＝(02)2311-5368
郵政劃撥＝00033368

印　刷＝祥新印刷股份有限公司
定　價＝250元
港　幣＝83元
初　版＝2018.06
書　號＝987250

幼獅樂讀網
http://www.youth.com.tw
e-mail:customer@youth.com.tw
幼獅購物網
http://shopping.youth.com.tw/

行政院新聞局核准登記證局版臺業字第0143號